El Visitante de Jasonville-Álvar, el Profeta-Aura

Novelas Cortas

Germán Borda

Order this book online at www.trafford.com
or email orders@trafford.com

Most Trafford titles are also available at major online book retailers.

Printed in the United States of America.

ISBN: 978-1-4669-0766-9 (sc)
ISBN: 978-1-4669-0765-2 (e)

Trafford rev. 04/02/2012

 www.trafford.com

North America & international
toll-free: 1 888 232 4444 (USA & Canada)
phone: 250 383 6864 ♦ fax: 812 355 4082

El visitante Jasonville

L as ventiscas se conjugan y avanzan, en medio de los cañones escarpados. Los montes se confabulan con su devenir vertiginoso y amenazante. Siguen rumbo al sur y se alían con calígines, brumas y nubarrones. Es la materia de tornados, huracanes, ciclones, que envuelven y destruyen. Se elevan en los aires como serpentinas al comienzo– luego en conos, –siempre, ascendentes, –mortíferos. Vociferan antes de su combate final contra los seres y las cosas. Es una circunferencia danzante en su eje, envuelve y toma los árboles, las casas, los edificios, y los lanza por el firmamento. Saca las aguas del río, del mar, las contrae en vías y corrientes inversas.

Una asinfonía escalofriante, de vientos y ventisca al pasar por las cuerdas sonoras de bosques ondulantes. El valle entero, una caja resonante, impele las tonalidades del holocausto. Las llamas iluminan el día en incandescencia sobrenatural y dominan la noche. Jasonville se refleja, en los lapsos de calma – que son los más– sosegada, suave y mórbida. Reproduce su imagen en las aguas de un riachuelo, sin nombre, que la bordea. *Su andar cantarino ha moldeado los sueños y las almas de sus cientos de habitantes.* Concluye, el devenir de las aguas , su visita al pueblo, en una cascada –de poca monta– que repite incesante un ritmo amodorrado.

Por las tardes de verano, los novios se acogen a la sombra de cipreses y sauces, y se juran fidelidad eterna, mientras se besan o hacen el amor. El tiempo, lo testimonia, un viejo reloj, enclaustrado en la espadaña del ayuntamiento.

Los vecinos se han habituado a sus campanadas, de carillones, cada tres horas. Es la única señal del paso incontenible de los años. La plaza la adorna una fuente austera, sin gracia, que emite un chorro raquítico que muere antes de lograr su plenitud. Cae despedazado a un recipiente cónico que guarda la sombra de un cubo inútil.

Los ciudadanos se encuentran en los paseos, siempre más escasos, en los mercados, las tiendas y en un café de uso múltiple. Juegan al billar, se emborrachan y los sábados bailan hasta la una y media. Otros comen, o toman bebidas, mientras leen las noticias, desteñidas por un enclenque periódico local. El *Sheriff* se siente inútil, pues carece de clientela. La paz es absoluta. Nunca se ha cometido un robo, y el único asesino –se presumió su culpabilidad– huyó sin que nadie lo encontrara. Había dado un susto a una anciana, y a consecuencia, falleció de infarto.

El Alcalde carece de presupuesto, y de trabajo: así que juega a las cartas por la mañana; y por la tarde al ajedrez, en las noches duerme una corta siesta, se Levanta alegre, y va al café. Su interlocutor es el Pastor que sobrevive gracias a las escasas limosnas y, en especial, a una finca que posee dos vacas y varias gallinas.

Los parroquianos, de la única cantina, gozan en extremo de la pianola, interpretada por un hombre calvo. El interprete siempre de camisa blanca con dos soportes de plástico negros, para dominar los puños y que no le impidan sus acrobacias sobre el teclado.

La calma, y la tranquilidad, son totales. Nada quebranta ese devenir inamovible de esa sociedad, que vive así, desde décadas. Nadie se va del pueblo y sólo dos muchachos, y una viuda, lo intentaron, de manera infructuosa. Regresaron a las pocas semanas, cariacontecidos y melancólicos.

El pueblo parece desierto una tarde de verano. Pasadas las tres, en medio de un calor sofocante. Llega el visitante. El saco en una mano; en la otra, una maleta pequeña. Está extenuado. Se limpia el sudor con un pañuelo sucio y se quita el amplio sombrero panamá. El cantinero yace medio dormido en una mecedora frente al establecimiento y le sorprende la figura alta, desgarbada, famélica, del viajero. Lo mira con sus ojos, azules, inquisidores, con un gesto de desagrado. Era un atacante de su siesta, interrumpida, ya no se produciría.

El parroquiano ocupa una mesa y ordena un wiski doble y una hamburguesa. Come y toma. El barman John, siente náuseas al imaginar su estomago adosado por elementos tan disimiles. Pide lo mismo dos veces. Su cuerpo, inamovible; sus manos, largas, huesudas, indefinibles, se estiran para tomar los cubiertos o para elevar el vaso. Usa unos vaqueros, estrechos; botas altas, con tacón, y una camisa negra. Sus ojos escondidos, misteriosos, tras unos lentes gruesos, oscuros, protegiéndolo del sol. John, el cantinero, va al fondo del local, telefonea desde la trastienda. Con voz suave. Confidente. Llama al *Sheriff,* hay algo en ese hombre que no le gusta.

El alguacil dormía profundo un sueño extenso y sonoro, que terminaba en silbidos agudos. Le cuesta reaccionar, se incorpora y decide, tras lucubrar un instante, avisar al Pastor. De inmediato se forma una cadena, el pueblo entero sale de la siesta para enfrentarse a un fenómeno inusitado, ha llegado lo inesperado, un extraño. Las mujeres despiertan a sus maridos, llaman a sus amigas. Basta media hora para que la cantina esté plena de gente. Todos observan, simulando, al recién llegado. Con curiosidad.

El calor crece al ritmo de las tres y treinta de la tarde. El sol, poderoso, calcinante, alucinante. El viento ha huido, y nubes efervescentes se ciernen sobre el lugar. El ventilador ha perdido una de las aspas y su labor es ineficiente. Las bebidas refrescantes se agotan y la tragaperras vocifera.

Es un teatro en un acto, todos continúan observando de reojo al visitante. El recién llegado, conserva una inmovilidad completa. Ha permanecido inmutable dos horas, sin mover un solo músculo. Los parroquianos están agotados. El viajero se levanta y pregunta al cantinero.

–¿Dónde se puede dormir en este pueblo? Es decir, ¡Hay hotel? ¿Una posada? ¿Habitaciones de alquiler? Su tono es monótono, inexpresivo.

–Le aconsejaría no permanecer aquí. No tenemos comodidades, Alinton, no está lejos, es una caminada de dos horas. Se lo recomiendo.

–No. Deseo quedarme. Me seduce este lugar. Sé, y estoy seguro, esconde mucha poesía en sus entrañas. Tiene, sin lugar a dudas, una extraña fascinación –suena sarcástico. Tomando el pelo.

–¿Dígame, por favor, quién me puede alojar? El cantinero estira un papel con una dirección. Miss Mary ha preparado un cuarto desde hace décadas, es para un novio inexistente —ese amante debe regresar— esa apareció una noche, cuando paseaban, mecidos por brisas con cantos de ninfas terrestres. Momento en que su mente trastabilló para siempre y se bifurcó enredada en marañas extrañas. Desde siempre canta esas canciones, lúgubres, de amor. Ella en especial inspirada por la luna. Instantes de plenitud nocturnal, impelidos y creados, por las olas del riachuelo.

El visitante se coloca su sombrero. Toma la maleta y sale.

—Sólo a usted se le ocurre darle las señas de Miss Mary, gente así no deseamos en nuestro pueblo —habla vociferando, siempre lo hace— un grandullón, con chaleco de cuero, de dientes dispares, que lanzan saliva. Herrero desde niño tiene una musculatura amedrentadora. La muestra, orgulloso y macho.

—Sí, que se largue, no me ha gustado para nada. Desgarbado, introvertido, extraño —Lynn se une a la protesta. Es delgado, rubio, con ojos azules, saltones, manos nerviosas. Las introduce y saca, de unos pantalones, desaliñados y sucios, de pana.

—Tranquilos. Calmen la paranoia. Mañana o Pasado, se irá y todo retornará a la calma —el Pastor desea impartir bondad, comprensión y tranquilidad, pero ya poco le creen. Sus sermones son repetitivos; con los mismos vocablos amenazadores de castigos eternos, por la falta de moral y de ética. Pecados existentes con fuerza ancestral en el lugar.
—Podría ser un psicópata, un pervertido. Hay algo en su mirada que me extraña, como si viera sexo por todas partes —el empleado bancario, Howard, que ha contado, según su propia expresión, y lo repite de manera constante, miles de millones; acentúa en el aire, con sus brazos, las palabras altisonantes.

—Ojo con los niños, en especial con las muchachas vírgenes —Elizabeth, escuálida con unos lentes gruesos, algo caídos, que determinan su condición de maestra y solterona se las ha unido. Cuando está de buen genio, toca al violín, melodías cow boys.

—Lo único importante es saber si tiene antecedentes. Dado caso que esté limpio, no habrá nada que temer. Esa información la obtendré a más tardar mañana —el *Sheriff* guarda las llaves después de hacer girar varias veces el llavero, en asonancia desagradable. Sale luego de depositar, a manera de regalo en el traga níquel, una canción de Perry Como; too young to be in love.

Miss Mary una delgadez extrema. Es alta, de mirada nerviosa y seductora. Mueve sus piernas con celeridad nerviosa, siempre vestidos de flores diversas con amplias enaguas. Esa tarde lleva uno de sus predilectos, color Lila y al andar, las fucsias se abren y cierran abanicando el viento. Abre la puerta sin preámbulo, como si esperara la llegada del visitante desde siempre y se cumpliera un ritual prestablecido, ineludible.

Hace un ademán, dual, casi incomprensible, con su mano izquierda, –muy esquelética y aguda–, señalando que saludaba y ordenando que la siguiera. El visitante obedece silencioso.

–Este cuarto me ha tomado centurias en arreglarlo, cada uno de los relojes tiene su historia. Ese suizo me lo regaló mi primer novio, el malhadado William, lo mató un tractor un sábado, el primero del verano. Fue horrible, fui a verlo estaba desfigurado-Imagine, le había arrancado una pierna. En ese momento, agradecí al Señor que se lo hubiera llevado, casarme con un cojo hubiera sido duro, terrible, ese tac de las muletas para siempre. Insufrible. Terrible. Insufrible. Pero lo recuerdo con cariño, en especial, cuando sale el pajarito y hace el cucú. El reloj es muy fino de un cantón olvidado de la unión helvética, Bulle. Ya lo verá, estará fascinado.

Permanece pensativa, abstraída. Luego continúa mirando sonriente al advenedizo.

—Este, de pie, aunque no lo crea tiene fantasma. A las doce de la noche oigo el rumor del paso de las cadenas, estoy segura de que fue de un verdugo. Lo he visto con su hacha cortando la cabeza de María Estuardo y del Rey Carlos. Es un espectáculo aterrador, la sangre cae al piso a borbotones, espantoso, horripilante, monstruoso. Pero no tema (suelta una carcajada) en el fondo es inofensivo.

El visitante está cansado de la retahíla. Observa la marquesina. Cubre un amplio patio. En ese lugar Miss Mary había coleccionado centenares de relojes de todas clases; de agua, de arena, diversos de madera; suizos, de tamaños distintos; otros, cuadros al óleo, o acuarelas, en que la iglesia central de la pintura, señala la hora. Abigarrados y complejos con cadenas. Maquinarias oxidadas que marchan cadenciosas y siniestras. Candelabros, labrados, con velas; relojes, con los minutos y los segundos marcados en su cono. El paso del tiempo, lo testimonia el consumirse del fuego. Así señala el transcurrir ineludible de las horas.

Está sorprendido. Y algo maravillado. Ella lo observa orgullosa.

—Hay que luchar contra el tiempo. Lo he vencido, aliada con este recinto sagrado. Yo tengo dos mil setecientos veintisiete años, treinta días y veinte horas. Ese el lapso lo han marcado estos mecanismos de la eternidad.

L a temperatura de esa tarde de verano es sofocante. Irresistible. Agobiante. Los termómetros marcan 45 grados a la sombra. De los costados del pueblo ráfagas de viento hirviendo aumentan el calor. Del piso se eleva el vapor en nubes húmedas. El sol, radiante, es fuerte poderoso, penetra en los costados por el aire. Su fuerza es imbatible. El cielo, huérfano de nubes, aumenta el poderío de los rayos solares. Las persianas, las sombrillas intentan impedir el agobio de ese bochorno infernal. La mayoría, duerme una siesta, mientras el resto lucha contra el sudor, la modorra. Desnudos, pasean por los cuartos, mal refrigerados, por abanicos obsoletos, antiguos y deficientes. Es el verano más violento en veinte años. Hay escasez de agua. Las bebidas se han agotado. Se ha prohibido cualquier derroche, las largas duchas, regar con las mangueras de los prados. El pueblo lo envuelve una materia indescifrable, estática, inamovible, lo convierte en un infierno incandescente.

Pañuelo en mano limpiando constante el sudor, el *Sheriff* atraviesa a pie las calles. Su vehículo se ha descompuesto, va acompañado por su ayudante el joven Bill. El ayudante, segundo a bordo, es apuesto, silencioso, delgado. Algo introvertido. Sus placas en el pecho, sus pistolas al cinto, sus trajes caqui. El piso amenaza con ceder y hundirse a su paso. En un momento de traspiés el segundo se sostiene de una columna metálica, da un grito, es una parrilla candente. Su mano reacciona. Por fin llegan a la casa de Miss Mary, tienen que empeñarse con el timbre. Nadie reacciona, así que deciden entrar. La mujer aparece en camisa nocturna y una bata. Se molesta del ingreso a su intimidad y pide permiso para vestirse. Los agentes del orden esperan en la sala, cuando reaparece el ama, la interrogan agresivos. Inquieren por el inquilino. Explican, es su obligación preservar las buenas costumbres, proteger, prever, prevenir. Ella no responde, en verdad poco sabe y no le interesa. De repente, por una puerta lateral ingresa el visitante, lleva un documento que entrega al vigilante jefe y desaparece. Pero el *Sheriff* le alcanza a gritar eufórico y altisonante:

—Lo estamos vigilando. Cualquier movimiento sospechoso y lo arresto. Sería mejor que desapareciera, tipos como usted no nos gustan

—Miss Mary no entiende. Le desagrada el tono, las frases amenazantes y hace un gesto que captan los estatales. Desea que la visita termine.

—Si yo fuera usted me liberaría de ese ser que cohabita aquí. Puede ser un peligro para su integridad física.

Mucho cuidado, estamos siempre listos y dispuestos. Llámenos si nos necesita.

Miss Mary los mira airada. Se siente golpeada en sus maneras de ama de casa. No les ha ofrecido nada. Ingresa rápido a la cocina y regresa con vasos y una garra gigantesca de limonada con hielo. Es un maná celestial. Los tres beben en silencio. Los relojes marcan las cuatro, es un desconcierto concertado al que responden cientos de volantes que retozan y vuelan en una jaula gigantesca en el patio. El aleteo, y el piar, los distrae, es una sinfonía de la naturaleza y la mujer los saluda como si se tratara de un enjambre de seres vivientes.

–Ellos me entienden. Yo sé lo que me desean decir. Dialogamos siempre, por eso Apolo, vive celoso, pero es a él a quien más quiero –mientras habla acaricia a un enorme gato angora, marrón, con visos negros. Ojos amarillentos, fieros y elusivos.

El jefe, mientras tanto, analiza el documento. Es normal, un retrato, seco, inexpresivo. La estatura, un metro ochenta y seis. Huellas. El nombre y una dirección en Ohio. Es suficiente para inquirir la procedencia y antecedentes del visitante.

–Miss, nos agradaría que viniera a visitarnos a la Comisaría, podríamos retornarle su generosidad y obsequiarle algunas bebidas –señala en dirección al lugar donde desapareció el inquilino, indicando que *desea mayor información. Salen, luego de despedirse, de manera cortés, pero lacónica y militar.*

Samantha se había constituido en jefe del grupo de padres y madres de familia. Alta, bien formada, con un cabello rubio ondulante, ojos azules vivos. Madre de tres niños, con un matrimonio estable. Su esposo, es callado, introvertido, el Jefe de Bomberos. Llamó de inmediato y con carácter urgente a una reunión. En medio de un calor obnubilante se reunieron las diez damas en la iglesia. El pastor se había excusado. Las féminas, provistas de hielo, intentan combatir el sofoque que las embarga. Se refrescan con bellos abanicos importados de China, y otros, de España, asiduas, constantes mueven nerviosas sus manos. Olvidan el recato y la compostura, algunas con las piernas abiertas, las faldas levantadas, responden al efecto enervante de la temperatura. El sofoque no para de aumentar.

La iglesia, austera, carece de figuras de santos, actitud muy protestante. La decora, apenas, un organillo eléctrico, situado a la izquierda, vecino al púlpito. Instrumento sin gracia; en que una de las hermanas, solterona irredimible, Miss Vanessa toca, mal la excelsa música de Bach. *Los domingos, después del oficio, enseña los corales luteranos a los jóvenes·Los muchachos y las jóvenes asisten envueltos en tedio y burla a las eternas lecciones.*

Las féminas, bajo la dirección de Samantha, se sientan en unas bancas. Sillas dispuestas en líneas paralelas y frente a una mesa, sobria, que sirve de altar y soporte de enseres. Luego de saludar de beso a cada una de las participantes, la jefe, comienza a pasearse nerviosa. Taconea. Su vestido, muy mini, muestra aún sus encantos; piernas rectas, formadas, unas caderas proporcionadas; y senos, mesurados. Sabe de la fuerza de su sensualidad que esgrime, abierta y coqueta.

–¿Qué se sabe del hombre? –*dice sin preámbulo.* Todas hacen un signo de interrogación fingiendo ignorar al advenedizo, preocupación generalizada ¿A qué se refería? pero saben muy bien que se trata del visitante.

–La verdad. Nada. Hace ya quince días que está en casa de Mary. No ha salido, come allí, y ella –como es su costumbre– no contesta. La interrogué de varias formas, pero fue en vano. Está hermética. Después la encontré en el supermercado y me eludió.

–¿Y el *Sheriff*? ¿Qué dice? ¿Ya sabe algo?

– En apariencia la cosa se le ha complicado. No

existe reseña alguna de ese ser. Han revisado todos los archivos; informan que en unas horas responden, pero han pasado ya dos semanas. Y nada. No se atreve a detenerlo, pues sí tiene antecedentes, y no se lo señalan, podría quedar libre de inmediato; y lo peor, sería imposible encarcelarlo más tarde.

–Comentan que no sale, aunque me pareció verlo una noche paseando con el gato de Mary. Lo llevaba encadenado. Era una visión del más allá, infernal. Se reflejaban en sombras danzantes, algo escalofriante. Las llamas flameaban en el firmamento nocturnal. El calor del Erebo se sumaba a este, volcánico, al tártaro terráqueo –el talento fantasioso de Alice, su vocabulario rebuscado, asombraba a todas, y siempre dudaban de sus narraciones; pero en ese momento, les convenía para alimentar sus deducciones y pánicos.

–Debe tener algo de brujo. Un pitoniso escapado de las entrañas del mal, por eso se entiende con Mary. La locura y la brujería van siempre de la mano.

La parafernalia de ese verano candente, el sudor, el letargo, el adormecimiento, se apodera de las presentes. De una en una se levantan a tomar agua de un grifo enclenque, que apenas gotea. El Pastor hace una aparición fugaz , ignorándolas, y se adentra en la Sacristía.

–¿Quién será o qué podría ser ese Hombre? Lo desconozco. Es misterioso. Más aún, no sospecho, cuál fue su pasado. Pero hay algo para mí muy claro. Mis hijos —mientras pernocte aquí— no saldrán de la casa. Dejaran de ir a la escuela de verano. No puedo arriesgarme a una violación. Pido una votación para que todas decidan lo mismo.

—No creo que haya motivos para constituirnos en un grupo paranoico. Ver monstruos, fantasmas, asesinos, violadores sin una base sólida. Real. Consistente. Me parece que deberíamos abrir un amplio compás de espera antes de tomar decisiones tan drásticas. A lo mejor mañana desaparece.

—Jamás se marchará, de eso estoy segura. Anoche soñé que nunca partiría.

—Propongo una votación y que acatemos la voluntad de la mayoría. Estamos, creo y estoy convencida, en grave peligro —y las más ganaron, los infantes serían preservados de caer en las garras del visitante.

Divididas en grupos, siempre comentando, salen rumbo a las casas. La noche ha expandido una sordina de temperancia en ese ambiente agobiado por el calor. Los árboles juegan con el viento que se proyecta sobre el aire. La luna, plena se multiplica en las vertientes del río y su luminosidad irradia un reflejo vivificante. Ese respiro anima a los seres, sentados en los corredores iníciales de sus viviendas conversan. Toman. Retozan. El pueblo parece haber retomado su ritmo de quietud, de paz y calma. Han olvidado, por instantes, al posible monstruo, al extraño y funesto turista.

Los búhos escondidos en sus guaridas han dejado el dominio a las lechuzas incisivas. Que compiten con las chicharras. Un can receloso e insómnico canta melodías incomprensibles al astro rey de la noche.

*E*l Pastor John Albert Wood había decidido su ocasión desde muy joven. *Ayudante y asistente del viejo clérigo Samuel. Lo sucedió de acuerdo con todas las expectativas. Jasonville percibió una ventisca refrescante por la juventud y fuerza del nuevo encargado de las almas mansas de ese lugar. Se encantaron con sus discursos ponderados, pero llenos de reflexiones. Admiraron su actitud austera, disciplinada. Valoraban su dedicación conyugal, que se conjugaba con la joven esposa, Jane, eterna novia, fiel. Dedicada. Hogareña. Una pareja, niño y niña, completó ese hogar modelo.*

Esa noche de sábado, dominado por un sopor inaguantable, una somnolencia amodorrante que domina su cuerpo esbelto y ágil; piensa en su sermón del día siguiente. Lo habían alterado y preocupado las nuevas teorías expuestas por un sabio iberoamericano, relacionadas con la eternidad. Suponía, ese pensador sureño, y lo había explicado con inteligencia excepcional; unida a una lógica coherente; gran racionalidad científica; que el big bang era el creador, no sólo del cosmos sino de Dios. Pensó en responder a Adolfo Nillas, pero se arrepintió de inmediato. Supuso qué todos se preguntarían; quién era ese religioso perdido en los confines del mundo para dudar y contradecir a ese genio.

Su manera de pensar, y sus deducciones, contradecían a las del suramericano. En su haber y entender el cosmos, el Universo, Dios, no habían tenido principio. Jamás tendrían fin. El tiempo; inexistente, estático, inamovible. Una creación del cerebro humano. La mente, limitada, para entender, captar, comprender todo ese complejo acontecer; así que debería contentarse con su Incapacidad, permanecer y amar el misterio.

A las tres menos tres minutos de la noche, Jane despierta. Escucha el ventilador en su devenir mecánico, repetitivo, como un metrónomo horizontal, y se levanta con la intención de convencer a su marido de ingresar al terreno del sueño. Lo encuentra dormido, la cabeza entre los brazos. Lo ha vencido la modorra. No tenía nada escrito, la papelera conservaba residuos de esa noche estéril, papeles borroneados. Tazas desocupadas de café; panecillos, sin consumir. Se levanta desperezando su estructura: tendré que improvisar, lo que detesto. Dice con voz entrecortada.

—Siempre lo haces y lo logras muy bien —lo besa con cariño y abrazados caminan rumbo al lecho.

A la entrada de la iglesia, esbelto, buen mozo con Sus atuendos eclesiásticos espera a los feligreses. El Oficio comienza a las diez. A los treinta minutos, cuando apenas habían ingresado una docena de personas; luego de un preámbulo musical, se abstuvo de su sermón. Merecía más audiencia para un tema tan trascendental. Habla breve sobre cualquier santo, rezan y cantan. De nuevo se ubica a la entrada para despedir a los feligreses, le sorprende la ausencia. Cuando la anciana rica, apoyada en su bastón, acompañada de su criado negro, Rochester, se detiene a hablarle –lo que nunca hacia– su sorpresa fue aún mayor.

–Somos los valientes. Los demás, los pocos y que no han salido ya del pueblo, tienen miedo. Pánico.

–¿De qué? –pregunta el presbítero algo airado y con mucha curiosidad.

–¿Lo ignora? hable con el *Sheriff* y pregúntele por Mary y su inquilino –parte sin despedirse, buscando sus anteojos en la cartera.

El *Sheriff* entra al bar, está cansado, sudoroso, se limpia nervioso la frente con un pañuelo.
—¿Un wiski? —pregunta curioso el cantinero; además, en verdad, desea tener información de las investigaciones que prometió realizar sobre el visitante.

—No. Algo muy frío. No resisto el calor se acercan dos parroquianos.

—¿Qué noticias ha tenido? —inquieren.

—Hasta el momento, nada preciso, en verdad están sorprendidos, no aparece registro; ni bueno, ni malo.

—¿Y eso no es suficiente motivo para detenerlo?
—Imposible. La demanda contra mí sería incalculable. Acabarían conmigo.

—No comprendo.

—A todo presunto delincuente hay que leerle sus derechos, citando antes su nombre; si no lo hago, el arresto no tiene valor.

—Podría ir a la casa de Mary y demandarle una explicación —el *Sheriff* bebe despacio una gaseosa. Está exhausto. Acometido por todos para que solucione lo del visitante. El calor ha creado un sarpullido en su piel y siente pulgas y rasquiña por todo el cuerpo. Se rasca constante y convulsivo. Arregla el revolver en el cinto.

—Sí, tiene razón, eso voy a hacer —sale rumbo a la residencia de Miss Mary.

La tarde es bochornosa. El calor, en hondas ascendentes sale de todos los poros del pueblo. De los rincones, del piso, por los costados, cae en nubes dominando toda esa atmósfera letal. La vegetación comienza a retraerse y morir, sólo algunos cactus, salvados al desierto, parecen sobrevivir. El agua escasea cada vez más. Es un mundo que se deslíe calcinado por una temperatura mortífera. Moscas y mosquitos en bandadas crean remolinos, su zumbido es tétrico. Una iguana observa al agente del orden el abnegado, *Sheriff,* desde su mirador, el tejado de una casa.

Él la magnifica y la ve como un dinosaurio gigantesco. Un dinosaurio sobreviviente. Su mente sigue las rutas que le impone el ambiente calcinado. Delira, se apoya en un árbol para no caer. Logra llegar a la casa de la arrendataria. Golpea insistente. Nadie responde. Repite con mayor fuerza, la puerta cede. Entra sigiloso gritando: ¿Hay alguien en casa? está a punto de sacar el arma. La Miss sale de la cocina, sorprendida, algo disgustada, viste una levantadora transparente, su cuerpo se trasluce a través de la seda. Conserva algo de sus encantos y el *Sheriff* de repente se siente atraído por ella. Trae una garra grande que tintinea hielo. Es limonada.

—Vamos a la entrada. En el balcón, a pesar de todo este calor —que le cuento en secreto, amo —es allí menos fuerte. Tendremos una atmósfera digna de los dioses. Hace mucho que no me comunico con nadie. Venga. No sea tímido —para sorpresa del agente de la ley lo toma de la mano y lo conduce a la entrada. A los pocos minutos gozan del refresco y del clima, algo temperado por los vientos.

—Bueno, la verdad es que deseo hablar con el Visitante, su inquilino. Hacerle unas preguntas.

—Ve estas begonias. Me ha tomado años, quizás décadas, lograr su forma que he modelado día a día, minuto a minuto; y ahora, este clima asfixiante las está destruyendo. Horror. Espere debo regarlas —y entra rauda a la casa. El *Sheriff* se pasea irritado, sabe que lo peor es intentar forzar a cualquier fémina a actuar; y mucho más, a Miss Mary que es el capricho en persona. La dueña de casa se demora. Al fin aparece, trae otra bebida, un jugo de naranja.

—No somos agradecidos con las cosas más elementales. Cada vez que tomo un vaso, hago una ofrenda a los dioses de las aguas. Me encanta la historia de Poseidón, es maravilloso.

Lo veo emerger de esos mares turbulentos con un tridente en la mano — no tiene idea de lo que habla esa mujer con fama de loca, jamás ha oído el nombre de Poseidón, está a punto del paroxismo, incitado por el calor y los nervios. El sarpullido se ha convertido en inaguantable. Vibra como un sismógrafo chino en medio de un huracán, unido a un terremoto. Exasperado grita:

—Llame al maldito visitante —la mujer fija sus ojos, está energúmena. Se levanta iracunda. Arregla su bata.

—No voy a llamarlo por dos razones; mejor, por tres: No me da la gana. No resisto y no permito que me griten; y lo que es más definitivo, que no está —entra en la casa vociferando algo incomprensible. El *Sheriff* insiste:

—¿Dónde se encuentra? nadie lo ha visto —la mujer, va muy lejos para oírlo. Sale refunfuñando y maldiciendo— ¿Qué les dirá a los habitantes del pueblo?

El visitante, se sorprende al ver a Miss Mary, en bata, muy presurosa y nerviosa, que lo toma de la mano. Perentoria y autoritaria, lo hace seguirla. No *comprende. Regresa al mundo de la realidad después de una larga siesta. Adormitaba en los confines y limites del sueño, la pesadilla, la fantasía y la quimera. Sumergido en el paraíso de la irrealidad. Atraviesan el vestíbulo. Ella, misteriosa y silenciosa; él, muy intrigado, pero obediente. La mujer abre una puerta, disimulada y camuflada por un espejo. La luz ilumina el recinto. Es un simulacro de gruta. Cientos de relojes, diversos a los de la marquesina, dan sus mensajes en un caos altisonante. Reaccionan, por un mecanismo secreto, a la luz. Hay decenas de cucús, importados, desde Zúrich. Los pajarillos salen de sus guaridas y circulan frente a sí mismos. Otros, elaborados, en la edad media, inician un desfile de soldados de plomo, dejan sus guarniciones para avanzar unos contra otros en loor y homenaje al tiempo.*

Una escalera de caracol, sumergida en las sombras, casi oculta, comunica con un sótano. Descienden –siempre tomados de las manos. Lo oprime, la afectuosa, larga, afilada, marmórea, de la casera. Le impone silencio con un dedo ocultando los labios.

Al bajar, surge la iluminación, es tenue, calma, de cámara. Avanza por el recinto. Fluctúa y varía. Se proyecta en los espejos cóncavos, convexos, esculturados, de diversos matices y colores. Bifurcan y trasforman las imágenes. El recinto impulsado y transformado, se convierte en una cueva gigantesca.

Recinto poblado por seres de todas las épocas, con las dimensiones íntegras de sus personalidades, reflejadas en los espejos.

La casera ríe socarrona, bidimensionada, desde el recodo de un espejo cóncavo, la muestra a sus quince años. Grácil, candorosa, con un vestido vaporoso de tul, un sombrero de alas, que oculta el rostro. Desaparece como una visión de un más allá nebuloso, orquestado por el caer sistemático y cadencioso de fuentes. El eco de su devenir, se ahoga en hondas del riachuelo, siempre confidente y calmo.

En medio de la cueva de entelequias, el visitante permanece frente a sí mismo. Los espejos irradian luminosidades, fuegos artificiales, y proyectan las imágenes de toda su existencia pasada. La de ese advenedizo en Jasonville. Luego, proyecta la existencia presente y después, la futura, escenificadas por esa caja pandoresca de cristales.

De manera simultanea, poseídos de una extraña duplicidad, también en la entrada, en el balcón, corriente, sin pretensiones y misterios, la otra imagen viva, de la Miss bebe limonada con el guardia. Lo distrae y no miente al decirle, el visitante ya no existe, se ha perdido en los periplos mágicos de las visiones de su yo. Difuminadas por las luces de los espejos.

El *Sheriff* abandona la casa. Angustiado y molesto. Ya Libre la fémina, envuelta en la calígine, sonora de los relojes, que responden al cerrojo, desciende de nuevo, como Orfeo, a rescatar y guarecer a su protegido. Para rescatarlo del trasfondo del mundo de visiones de los espejos. Con gesto poderoso acalla la asinfonía discordante del tiempo. Los cucús obedecen y la jauría de marcadores de la eternidad, los siguen.

Por instantes el silencio domina.

Segura avanza rumbo a un rincón de esa guarida de aconteceres, imprevistos e inusitados. Encoge una de sus extremidades que oculta bajo una falda, amplia, lila, y eleva sus brazos. Una vieja consola funciona. Del disco antediluviano se escucha un vals, ejecutado por los músicos más sabios de Viena. Strauss renace. Invita a su acompañante –el único en el mundo que ahora conoce y comparte el secreto del subterráneo– giran con donaire y soltura al ritmo de tres por cuatro. Las paredes, los muros, el piso, el techo de los espejos, elaboran las efigies. De repente la música cambia, es otro vals, Ravel domina con sus vaticinios fatales y macabros, pero eso no impide que dancen. Giran eternos, los embriaga el perfume de la naturaleza, dosificada en concentrados de rosas, jazmines, margaritas, buganvillas. Alienados por las fragancias, que se han unido al ser, y a la nervadura, de la mujer, que recobra una juventud ilímite. Deslumbrante. Maravillosa. Vivificante.

Steve es un hombre alto, fuerte, con espaldas macizas, de pensamientos sencillos. Conversación lacónica y plana. Ha derribado un centenar de árboles gigantescos. Su único placer es tomar cerveza luego del extenuante trabajo y comentar la potencia de los hachazos; el run run de la sierra; el golpe de la caída.

Hace el amor los sábados en la noche de acuerdo con un plan preestablecido, en silencio con su pareja. Suzanne ha debido ser leñadora, no es menos grande que el marido; y en muchos sentidos, más fuerte. Hace décadas que no usa nada femenino, sólo vaqueros, camisa compañera y botas unisexuadas. Sombrero amplio, masculino. Cabello corto, y rostro sin maquillaje. Nunca demuestra una pizca de emotividad o de debilidad, por eso sorprendió a su marido cuando anuncia rotunda y categórica:

—No vuelvo al supermercado, no puedo arriesgarme. De ahora en adelante irás solo tú y harás las compras. Eso lo decidimos en la última reunión de las mujeres protectoras de Jasonville —la idea dejaba helado a

Steve que consideraba esa labor indigna de hombres y lo sometería seguro a burlas de los compañeros de trabajo. –¿Exponerte a qué? –No podía disimular su sorpresa y furia –Tengo mucho trabajo. –No puedo contradecir las decisiones. Ellas han visto al ser ese que vive donde Mary dando vueltas por el pueblo a muy diversas horas, de noche arrastrando un gato encadenado. Tememos que nos viole – la mujer se ve ridícula aparentando temor, de su blusa estrecha sobresalen sus poderosos biceps, que serian la envidia de cualquier adolescente machista.

–Deberá ser, en verdad muy fuerte, para poder contigo –la observación no gusta a la mujer que se encierra en el baño lloriqueando. Esa su técnica para ganar discusiones y obtener prebendas y beneficios. Steve, nervioso y desesperado, con el calor, la atmósfera calcinante, la lucha contra el clima y los mosquitos, –que se multiplican–; y por un posible litigio inútil con su esposa, sale rumbo a la taberna.

La pianola, desafinada, proyecta una canción gastada, es mecánica, militar. Una pareja de niños, que frisan en los diez años, bailan en el centro; mientras algunos juegan cartas y otros golpean con fuerza las bolas de las dos mesas de billar. En el bar tres parroquianos discuten y comentan la última decisión de sus mujeres. La de no realizar las compras. El desagrado de remplazarlas. Están alterados.

El cantinero apenas ve entrar al Leñador, toma una de las cervezas y la deposita en un jarro al que añade tres más. Lo estira casi sin saludar. Steve responde con un gruñido gutural y comienza a beber, silencioso, escuchando. De repente, un parroquiano, pequeño, enanoide, deforme, con una cabeza enorme y ojos saltones, grita:

—No es la culpa de nuestras mujeres. Ellas tienen razón, no deben exponerse, es peligroso, ese hombre puede ser un asesino, un ladrón, un violador de niños. Él debe largarse, echémoslo, pido voluntarios —varios asienten. Se forma una algarabía. La interrumpe un gigantón, en bermudas, con una gorra invertida, que fuma pipa. Mira fijo al tabernero:

—¿Qué le pusiste al wiski? Sabe horrible —el barman bebe un poco y escupe; hace un gesto de asco. Toma la botella y se sirve un trago.

—El licor está perfecto. No tiene nada —parece satisfecho. Su actitud es triunfante.

—Ponle algo de agua —el hombre obedece y de nuevo prueba. Esputa asqueado. Casi se atora.

—Mierda, sabe a micos —de todos lados salen los asistentes con sus vasos en la mano.

—Esto es una porquería. Horrible. Monstruoso. Un bebedizo —gritan al unísono.

—Basta, no tomen más. Es posible que el agua esté envenenada. Eso es obra del advenedizo. Vamos a sacar a ese engendro del pueblo, si Mary se opone, la echamos a ella también. No nos hace falta alguna la loca esa.

—Un momento. Hagámoslo dentro del marco de la ley. Primero veamos al *Sheriff.*

Están de acuerdo. Todos obedecen. Parten en desorden. El cantinero, que desea unírseles, comienza el proceso de cerrar. Los billaristas protestan.

A desgana dejan los tacos, y se unen a la comitiva. Atraviesan la plaza, es un horno candente, el vapor se eleva del piso. El sol centrado, omnipotente encierra la atmósfera con su poderío. Sus garras poderosas, más fuertes que nunca, han dominado todas las sombras.

Esclavizado las penumbras. Expande sus tentáculos que se abren como una redecilla, triturando con su fuego toda la existencia. Diluyendo a los seres vivientes. La comitiva es presa de esa caldera y hace su recorrido con modorra, adormitados, somnolientos. Es una pereza ineludible, dominante. Por fin llegan a la casa del *Sheriff,* su mujer sale sorprendida. Dormía una siesta. La despertaron los gritos y el bullicio. Obnubilada, molesta, desagradada. Responde con evasivas, no sabe nada, no desea entrometerse en los asuntos de su marido, está anonadada por el aire letal imperante a esas horas de la tarde.

¿Y el esposo? ¿Dónde está? ¿Hace días qué no lo ven? ¿Qué ha pasado con las investigaciones? Es patética, con su camisa de dormir, recogida y sostenida por la mano izquierda; su cabello desordenado; su rostro sin maquillaje, arrugado. No contesta. Ante las negativas, regresan al Café, citan para una reunión cuando el sol haya mitigado. La situación es muy compleja, de alto riesgo.

M iss Mary siempre madruga. La presencia de su inquilino hace que se levante aún más temprano para prepararle un opíparo desayuno, con toda clase de jamones, huevos, café. Rica en panes de fabricación diversa. Wafers, elaborados por ella en largas sesiones de culinaria. Es exhaustiva, meticulosa, convulsiva, en el orden. Permanece, aún algo somnolienta, un largo lapso frente al espejo, como una diva, proyectada por dos docenas de bombillos. Cuidadosa, intenta ocultar cualquier arruga. Se preocupa por la aparición de algún nuevo defecto; luego peina, con brazadas extensas, su cabello, luengo, rubio, ondulado. Se acicala un vestido vaporoso. Dibujado con flores exóticas, importado de Nueva Orleans. Uno de sus predilectos, amplio. Cómodo, expandido por enaguas de tules. Lo abre con gesto teatral de actriz de vaudeville. Se monta en los tacos de más de doce centímetros y como una prima dona, lista, convencida de su belleza y presencia, avanza por la casa rumbo a la cocina.

Espera a su visitante. Pero a veces demora en aparecer, trasnochado, ojeroso, bostezando, en un pijama corto, similar a las bermudas. Silencioso, engulle todo lo que le ha preparado la asidua casera. La mujer toma ventaja, y comienza una larga y extensa retahíla.

—Hay noches que percibo extrañas premoniciones, escucho a los búhos dialogar intensos con las lechuzas. Aquí no tenemos lechuzas, fuera de algunas de carne y hueso, similares a las humanas que se pasean por las calles y las plazas de este hueco. Esta conejera, llamada Jasonville. Sabe, he querido irme, pero todos estamos atados a este suplicio. Condenados al fuego terrenal eterno.

El visitante no le pone atención. Eso no la afecta y sigue:

—Mire los altos hornos infernales. El Averno es una estación invernal, comparado con este pueblo (abre la ventana para dejar que el calor abrazador, asfixiante, entre) las llamas a veces se elevan por las noches, en medio de los cánticos macabros de las lechuzas. El inquilino no comprende, ¿las hay o no? Prefiere no preguntar.

—Sí, aquí no las hay, pero los búhos las atraen, hacen el coito mortecino del Erebo con las aves siniestras. Nunca he podido saber del todo quién es el amo, el demonio principal de este lugar. He sospechado de muchos, casi de todos, pero nunca me he podido decidir, en definitiva, por ninguno. Pero tome usted más café, para eso está ahí, no sea tímido. Mi hermana, que murió de un golpe de luna, tenía una enorme bola de cristal —se la robaron— (abre los ojos desmesurados y observa el lugar, temerosa que la escuchen. Habla en voz baja. Confidente.) En ella esperamos el nombre, ese el definitivo, pero llegó el momento y fue raptada por los rayos lunares. Primero, la bola; luego, ella. Sospecho que esté muerta pues nunca volví escuchar su voz cantante entre los arbustos —llora acongojada. El teléfono suena. Reacciona y contesta. Su rostro cambia de expresión. Está risueña, de nuevo comunicativa.

—Lamento que te vayas. Es una decisión Compleja. Este pueblo es como un imán que te ata. Un bumerán, te lanza y luego te atrae. Todos han regresado, despedazados. Ten cuidado. No te lo aconsejo. No lo hagas —se escucha la voz de su interlocutora, angustiada, entrecortada. El visitante continúa comiendo, su apetito es insaciable.

—No. No creo que haya motivo de temor (Observa, complacida, y sonriente a su invitado) creo que es una buena persona —el inquilino levanta los ojos y la mira con desdén, desinterés, decidía.

—¿Todas ellas ya se han marchado? Están locas, desquiciadas, alienadas, siempre lo supe. ¿Yo? Nunca he estado mejor —cuelga. El comensal ha desaparecido. Se escucha la ducha y una canción italiana. Termina, después de un largo baño, sale y de nuevo se acuesta boca arriba. Observa curioso la labor de una araña que teje una red inconmensurable entre la lámpara y la persiana. Los ventanales vibran. Un viento creciente los golpea intermitente. La casa se une a esa acometida del viento, es el anuncio de cambios sustanciales. Se arquea. El viento se ha acrecentado poderoso desde el desierto, y apoderado de las arenas que esparce violento. Cegador. Es un vendaval de polvo y ventisca. Se eleva en remolinos concéntricos, que descienden de nuevo vociferantes y amedrentadores. Hay remolinos en las calles, los pocos transeúntes son golpeados y transportados como plumas. Los habitantes, los pocos que aun permanecen, cierran presurosos los ventanales, las puertas.

Sólo una jauría de gatos se opone a las inclemencias climáticas, maúllan enloquecidos aferrando sus garras a los ramajes. Harrison, el ayudante del Sheriff conecta la radio con la secretaria de la comisaria. Verifica que todas las conexiones del vehículo estuvieran funcionando, coloca la bocina de alarma, lista para emitir y parte muy despacio. El calor sofocante no lo mitigaba el aire condicionado del auto; si el reglamento no lo prohibiera, se quitaría la camisa. Suda copioso. Baja lento, por una de las calles laterales, después de dar una vuelta a la plaza. Le preocupa la ausencia del jefe. Hace días que no aparece. No resistía la presión que ejercían los habitantes del poblado por la presencia del extraño. Hacía un tiempo inmemorial que nadie llegaba al pueblo, menos aún que permaneciera un ser extraño, el misterioso visitante.

El *Sheriff* sufría por la situación. Noches de insomnio, plenas de preocupación. Luego de giras constantes, y de vanas persecuciones. En vano. No encontraba pruebas contra el presunto delincuente. El asistente continúa se marcha. No descansará hasta rencontrar a su jefe. Pasa tres veces frente a la casa de Miss Mary. No se nota nada extraño. Toma el altavoz:

—Las versiones de que el agua está contaminada, no son ciertas —repite la consigna en cada residencia, deteniendo el auto. Del jefe, ninguna señal. Bordea el parque, la piscina está desierta. En el río nadie se baña. Sigue su marcha. Lanza los mensajes de tranquilidad a intervalos. Ve debajo de un árbol una multitud de mosquitos, se elevan en remolinos. La cantidad de bichos aumenta por instantes. Decide investigar, desciende cuidadoso y avanza. Un perro, enorme, negro, con los ojos, abiertos, secos, de mirar fiero, yace muerto. El hocico pleno de babaza. Los insectos giran a su alrededor runruneando. Algunos cuervos contemplan el panorama, listos a entrar en acción. El olor es inaguantable, el clima le ha impuesto una podredumbre insufrible. El can se deshacía. Cubre la nariz con un pañuelo y sale despedido. Llama repetidas veces, a intervalos, a los encargados de sanidad, pero nadie responde. Insiste, con resultado negativo. Intenta comunicarse con la Central. La secretaria no está. Por lo general esa hora va al Café. Conduce rumbo a la salida, de nuevo, lo impacta una bandada enorme de mosquitos. Acerca con cuidado el auto, hay otros dos cadáveres de perros muertos. *De nuevo procura comunicarse con Sanidad y con la secretaria. Ante la ausencia de los encargados decide regresar. Guía despacio, cuando de una de las casas, sale un hombre gritando, alterado, moviendo un trapo rojo. Es el boticario, Albert.*

—Llevo horas llamando a la comisaria. Nadie responde. Están envenenando a los perros, hay ya siete muertos. Luego será con los humanos. Menos mal que Laura y los niños ya se fueron —Harrison intenta calmarlo

—Es factible que hayan tomado agua de un charco Envenenada por una rata. Eso ocurre con frecuencia en un verano tan cruento como el actual.

—No diga tonterías. El hombre, ese que vino, es quién está creando toda esta serie de problemas. Él envenena las aguas, nos persigue, ha traído la mala suerte a este pueblo, que era tranquilo y calmo.

—De eso no hay prueba alguna.

—Usted, y el *Sheriff,* son culpables. Lo protegen. Hasta ahora no han podido determinar la veracidad de sus documentos, su pasado judicial. Su vida delictiva. Son unos ineptos. No pueden hallarlo, y menos, claro, ponerlo a buen resguardo.

—Le señalo que habla de la autoridad. Hacerlo así, es un delito. Podría encerrarlo.

—Ya ustedes no son la autoridad. Han perdido el respeto de la comunidad. Está noche ejerceremos justicia.

—Usted bien sabe que si lo intentan, tendremos que defender al visitante.

—Perfecto. Hágalo. Pero por qué no usa su tiempo resucitando perros, estoy seguro de que tendría mucho trabajo.

*L*a mayoría de los habitantes habían sacado sus ahorros, casi de manera total. Otros aún esperan con gran impaciencia, para retirarlos. Hacen fila frente al banco. Se producen gritos, protestas. Temen perder sus pertenencias, sus bonos, sus depósitos a término. Desean retirar sus pertenencias; y abren las cajas de seguridad de sus casas, luego desaparecen. No valen las recomendaciones del Gerente de esperar, están atemorizados.

Esa mañana apenas son cuatro los alarmados. Esperan frente a la puerta de la institución, que demora en abrir. Parsimonioso, con su visera, negra, cubriendo su rostro, aparece con las llaves en la mano, Robert Anderson, cajero desde siempre. Abre despacio a pesar de que lo increpan por su modorra y demora.

—Nada sacamos con la ansiedad y nerviosismo. Estoy esperando el envío de dinero desde Oaksville. No podría cambiar nada. Ni un cheque de mínima especificación. No hay un céntimo en las arcas —enciende un puro y comienza a revisar cuentas.

—Eso nos faltaba, que se queden con nuestro dinero.

—Esto es intolerable.

—Deseo hablar con el Gerente.

Por fin Robert se inmuta y levanta la cabeza.

—Ha partido. Hace diligencias en alguno de los lugares vecinos. Lo lamento.

—¿Y qué pasa con Elizabeth?

—Buena pregunta. Yo también me la hago. Hace tres días que no responde al teléfono y no viene. Imagino que ha hecho lo mismo que la mayoría, se ha marchado.

—Seguro teme una violación de ese ser monstruoso que alberga Mary. Como todas nosotras —Lynn es mayor. Con años ocultos e indefinibles. Muy arrugada, lo que intenta disimular con exceso de maquillaje. Cubre su rostro con un velo, a pesar del calor. Joven cantaba "country" con una bella voz. Romántica. Sensual. Reaparece, aún, alguna vez, cuando le ruegan y está de buen genio.

—En el caso de Eli, esa sería la última oportunidad. Más que temerla, yo la desearía —una joven irreverente, que hace trabajos domiciliarios, con vaqueros, sucios y rotos, se rasca la cabeza e ignora las miradas inquisidoras y reprochantes de las dos mujeres que secundan a Lynn.

—Su comentario es desafortunado. Desagradable, inapropiado.

—Me temo que debo pedirles el favor que esperen afuera. Debo hacer algo, y por lo mismo, es imprescindible cerrar el Banco – dice el cajero.

—Yo de aquí no me muevo – es un anciano venerable el que habla. Sereno, de ojos, verdes, secos, inamovibles. Bigote entorchado. Pensionado de los telégrafos.

—Lo haré sólo con mi dinero.

—En ese caso sería culpable de todo lo que pase dentro, y me vería obligado a llamar al *Sheriff* –a regañadientes salen. Esperan en el vestíbulo terraza. Es casi mediodía, el calor efervescente crece por todos los ángulos. Cae en bocanadas.

Llega en ventiscas hirvientes de los lados. Se arremolina sobre las cabezas. Comienza el delirio. Las figuras se estiran y contraen, anestesian, adormecen, son fantasmas alargados que vuelan por los aires. Las casas se diluyen en el vapor candente, es un horno calcinante que amalgama. Calcina.

De repente, una sola campanada. El tiempo toma dimensiones equívocas, extrañas, se escuchan casi de inmediato; dos y tres, luego, cuatro. Las emite el reloj del ayuntamiento melodioso, confidente, susurrante. El auto de la Comisaría, con el ayudante, que siempre busca al jefe desaparecido se ubica frente a la institución bancaria.

—¿Qué hacen ahí? —su voz de militar logra despertar de esa modorra a los clientes. Lo escuchan desde el final de un largo corredor, que transforma los sonidos. Resulta gutural, casi incomprensible.

—Esperamos a Robert —dicen en coro incongruente.

—¡!¿A Robert?!¡ él se ha marchado. Lo encontré. Montaba en una bicicleta y pedaleaba enajenado rumbo a Oaks, casi no responde, cuando le pregunté para dónde iba.

L a única cliente, que visita el supermercado, desde hace días es la atleta Sara, poderosa, fuerte, con la contextura de un hombre. Manos gruesas, algo de vello en el rostro. Campeona, ganó todas las olimpiadas del colegio y luego en las competencias estatales. Voz compacta e incisiva. Nadie esperaba que se convirtiera en enfermera, profesión en la que ha sobresalido por su humanidad, buena disposición, y una dedicación a prueba integral. Condenada a una soltería eterna. Es introvertida, y de malas pulgas.

Realiza sus compras en los pasillos desiertos.

Harry, el propietario vendedor, se hace el distraído, pero en verdad está muy preocupado, la basura se ha acumulado en la parte posterior y un enjambre de ratas hace su aparición por las noches. Encontró esa mañana el cadáver de un gato, –sus huesos– había sido devorado por los roedores. Las basuras se acumulan, la fruta, con la falta de compradores, se pudre, atrae mosquitos y ratones. Llama constante a los servicios de aseo, pero nadie contesta. Al mediodía cerrará e *irá a demandar por la recolección de residuos. Sara ha concluido y coloca el carro de las compras frente a la registradora mientras ubica su amplia bolsa sobre el mostrador. Una pistola pequeña cae pesada y ruidosa al suelo. Ríe y se disculpa.*

—Siempre hay que andar prevenida. Antes, hace un tiempo, nada me preocupaba. Pero desde la aparición de ese extraño ser, hay que protegerse. No puede imaginar la cantidad de trabajo que hemos tenido en la enfermería; mujeres, con ataques de nervios, niños llorando, padres, imposibles de calmar. Todos estaban dispuestos a llegar a los últimos extremos, golpear o asesinar a ese hombre. Pero la mayoría ya se ha marchado. En el trabajo, por fortuna, ya no hay nada que hacer. Desde hace varios días no aparece nadie, me dicen que ha huido. Las casas, por las que he pasado, aparecen desiertas, a muchas les han clausurado las ventanas con maderas —Harry oye sin prestar mayor atención. Es una retahíla que ha escuchado repetida y constante.

—Yo también me marcho. Estoy desesperada por el pánico y por la falta de oficio. Paseo de noche, como siempre, pero con el arma empuñada. Me parece haberlo visto, como un fantasma, cerca al río. Su cuerpo no daba sombras. A veces creo que es un mago, un hechizante, un pitoniso que ha traído maldiciones y embrujos. —Harry suelta una carcajada mientras da el cambio.

—No se vaya. Espere. Está noche venga al bar, hay una reunión, vamos a sacar a ese tipo de aquí. Que se lleve, de paso, a la bruja Mary.

—Ese fue el gran error. El más tremendo. Mary debería haber sido enviada al manicomio hace años. Faltó decisión, pero nunca es tarde —sale con su enorme bolsa en un brazo y en el otro, las compras. Suda copiosa, la temperatura es sofocante. Embriagadora. Frente a su auto un perro gigantesco muestra los colmillos, amenazador. Gruñe. Es amarillento, con vetas negras. Enorme, de raza desconocida. Le impide el paso, podría tener rabia, jamás lo había visto en el pueblo. Grita. Harry sale a socorrerla pero el can no se amilana, cada vez está más fiero e intenta atacar al propietario de las mercancías. El propietario retrocede defendiéndose con un palo de escoba. Sara hace lenta una genuflexión, deja las bolsas y con cuidado saca la pistola. Es un tiro seco y preciso. Otro problema, piensa Harry, el cadáver atraerá más cuervos.

*E*l golpe frío de las bolas de billar orquesta un dúo asonante y metálico con las aspas del gigantesco ventilador. No logra mitigar el bochorno creciente, envolvente y obnubilante, de la tarde de ese viernes. El aletargamiento se apodera del cantinero que duerme con la cabeza entre los brazos. La chaqueta anegada por el sudor. Ronca. Los dos jugadores se han despojado de sus camisas, y otros tres parroquianos juegan a las cartas, se sirven bebidas refrescantes ignorando al propietario que gira en el umbral de sueños incongruentes. Dialogan, con el lenguaje parco del juego. Apuestan, mostrando resultados, tirando las cartas. Los billaristas marcan las carambolas o entizan los tacos.

—A esta hora, en otra época aquí no cabría un alma. El pueblo está casi desierto. —Me da cierto pánico salir de noche. Asustan —los jugadores de cartas observan desagradados. Los molestan, e impiden la concentración. Uno se inmiscuye en la conversación.

—A este ritmo no quedará nadie en el pueblo. Es un desierto viviente nuestro amado Jasonville —observa su juego de nuevo.

—Eso nos pasa por cobardes. No hemos sido capaces de terminar con el cáncer que nos carcome. El visitante ese, él nos trajo toda la mala suerte. Deberíamos haberlo sacado hace tiempo —hace una pausa y golpea de nuevo la bola. Exclama con júbilo, bingo. Los otros están de nuevo con la atención en las cartas, los ha interrumpido al realizar una hazaña imposible.

—Aún es tiempo. Una vez tengamos fuera a ese hampón, mandaremos mensajes y todos regresarán. Nosotros cinco, más algunos que nos colaboren y basta para echarlo. Puede ser que en algún momento despierte —señala al cantinero— y juntos lo andaremos, no lo dude, al infierno.

—¿Y Mary?

—Ella decidirá si resuelve acompañarlo. Puede ser que parte del maleficio sea producido por esa loca. Más que enajenada siempre he creído que es una vieja pitonisa reencarnada. No me molestaría en absoluto que se fueran ambos a una preciosa luna de miel a los socavones del planeta —los cinco ríen a carcajadas sonoras, incontenibles, el propietario despierta por instantes, abre sus ojos venosos, marrones, y cae de nuevo preso de la modorra.

—Voy a buscar refuerzos —saca unas monedas y entra en la cabina telefónica. Marca varios números. Es un esfuerzo infructuoso. Todos parecen haber desaparecido. Sale desagradado y maldiciente.

—Creo que nosotros somos suficientes. Nos encontramos a las diez de la noche junto al puente. Capuchas y rifles —despierta a empellones al cantinero. Se resiste, al fin se levanta y da vueltas como un alienado.

—Sí, Sí también iré, con ese engendro maldito, el negocio se acabó. Hay que expulsarlo —despierto comienza mecánico a fregar vasos, que ya están limpios, con ademán convulso.

Sale luego de verificar las cerraduras. Arranca su auto. Debe llenar el tanque, está a mitad y si desea abandonar el lugar, apenas le alcanza para ubicarse a medio camino. Llega a la estación de gasolina y usa su bocina, nervioso. Nadie responde. Resuelve servirse, no lo logra. El dispensador está vacío. El panorama que había observado era desolador; basura frente a las casas; botellas, de leche podrida, emanando un olor fétido; bandadas de cuervos apiñadas sobre las cuerdas de la luz. Algunos canes —sobrevivientes, muchos habían muerto— comían los excrementos. La mayoría de las residencias habían clausurado las ventanas con leños de madera, de manera burda. Resuelve dejar el vehículo y regresar; si decidía emigrar, como el resto, la bencina estaba al límite. Su memoria le falla, condimentada por el calor intenso, la temperatura creciente, un sofoque envolvente. No recuerda haber cerrado con cuidado el bar.

A pesar de la parafernalia del pueblo desierto, la tarde ha caído en contraste idílico y al fondo, en el valle el sol aún se repliega con destellos luminosos de plasticidad pictórica. Crea esculturas de luces y colores variables. La naturaleza, ausente de los humanos, lanza melodías de la foresta. El viento, quedo y susurrante, envuelve la atmósfera, la luna, incipiente, crece. Una bandada de volantes, anónimos, ocultos por la penumbra, circundo el aire y deja el molde de sus estructuras. La memoria de su aleteo. En su casa, solterón empedernido, conserva fotos de todos sus amigos. Fotografiados en el bar. Abrazados con él, que es el gran rey, cantinero y propietario. Amo y señor de ese territorio de licor, juego y diversión. Umbral de amistades, chismes, discusiones, peleas.

Saca dos rifles y los limpia con cuidado. No los usaba desde esa noche en que encapuchados juzgaron al negro Nelson, por la supuesta violación de otra morocha. Por fortuna salió libre, pero un tiro desafortunado, involuntario, le había volado tres dedos a uno de los participantes. Desde esa ocasión, Walter, "El Mocho" No le agradaba, esas reuniones clandestinas y secretas. Amparados por las capuchas. Armados, todo podría pasar, pero no veía más remedio contra ese intruso, que no sólo estaba siempre oculto —temían sus acciones misteriosas e incógnitas— amparado por la bruja loca.

Demora, es muy concienzudo, en limpiar las armas. Repite la operación varias veces pasando un trapo rojo por las diversas partes de las escopetas. Prueba la capucha; y el reloj, con las nueve campanadas, le señala que está corto de tiempo para llegar a pie al puente.

Sale con la linterna en la mano, los dos rifles y la munición. Lamenta que esa noche, con premoniciones maravillosas, de una luz tenue, sirviera para echar a un hombre. Quizá asesinarlo. Nunca se sabe.

"Ni siquiera lo conocemos. Jamás nadie ha hablado

con él; la misma Mary dice que no le ha escuchado la voz, que nunca responde a sus preguntas. Espero no estemos cometiendo una terrible injusticia"

Espera paciente lanzando piedrecillas al río desde el puente. Su reloj marca las diez y diez, al fin aparecen, los dos billaristas; de los hombres del juego de cartas, ni sombra. El más alto y fornido, con vozarrón y ademanes de macho, dice:

—Nosotros tres nos bastamos — es muy convincente, lo siguen, avanzan silenciosos por el sendero de cemento rumbo a la casa de la Miss y al visitante. A prudente distancia se camuflan con las largas túnicas y las capuchas.

Levantan los rifles al aire, luego de prender una fogata, en el centro arden un palo y varios leños, disparan a una. Desde el balcón de la casa se escucha una respuesta, es de una pistola luminosa de bengala. El ambiente se aclara por instantes. La mujer sentada en una mecedora, vecina a la entrada, parece fiera y decidida. Mary sostiene el arma en la mano mientras se mece. La bengala ha sido apenas una advertencia. Los encapuchados toman un poderoso megáfono y comienzan a llamar a Mary y al visitante mientras disparan de nuevo al aire y atizan la hoguera. La mujer no se amilana y responde con varios disparos de bengala, iluminando con un intenso resplandor el jardín y al parque vecino. Los hombres quedan petrificados mientras la propietaria da un alarido de espanto. Varios cuervos, esperan ansiosos, volantes diversos, lechuzas y búhos, graznan mientras vuelan en desorden y algarabía. Una jauría, de canes negros, gigantescos, echando babaza, se concentra, ladrando. Terroríficos, quejumbrosos Demoníacos. Gatos, histéricos, muestran su garras, y se atacan entre si. Maúllan alienados. Alrededor de un árbol la figura del *Sheriff* se bambolea mecida por el viento. La soga circunda y aprieta el cuello. El cuerpo, va de izquierda a derecha, como un metrónomo enloquecido y los ojos observan el infinito. Tiene un sobre en la mano izquierda.

—Ha sido ese maldito el que lo mató y lo colgó. Pongamos fin a esta pesadilla que él también penda de la cuerda.

—Un momento, veamos que dice ese sobre —descuelgan el cuerpo con cuidado y abren el escrito. El *Sheriff* daba una serie de razones para su suicidio, pero en especial la presión por no haber logrado dilucidar, el misterio de ¿quién era el extraño visitante? Lo consideraba el mayor fracaso de su carrera.

—Es absurdo. ¡Qué desgracia!

—Siempre me pareció que estaba perturbado. No era normal.

—Hablaba cosas raras, incoherentes.

Mary no cesa de dar alaridos. Con la cara cubierta por las manos Mueve sus pies con convulsiones. Está enajenada. Los canes ladran a la luna que se ha guarecido bajo el espesor de los árboles. El viento circunda toda esa foresta con un sonido opaco y medroso. La orquestación de chicharras y sapos y otros bichos indefinibles, crea un pánico macabro.

Entre los tres transportan con cuidado el cuerpo del vigilante, yace exangüe, los brazos caídos pendula; y los ojos, con nueva visión de la muerte, tétricos, fijos. Con dificultad logran la iglesia, mientras lo ubican en el centro, uno sale en busca del sepulturero; otro hace tañer las campanas, ruidoso e incisivo. Nadie responde, el pastor había huido dos noches antes y ya nadie queda en el pueblo.

—El enterrador, ese desgraciado también ha desaparecido, tuve mucho trabajo para abrir la puerta de la funeraria y sacar el cajón. Ayúdenme a bajarlo de la camioneta —los tres levantan la caja, luego introducen, con mucha dificultad, el cuerpo del viejo *Sheriff.* Exhaustos reposan sentados en las bancas. El Cristo, única estatua del templo, se proyecta difuminado en sombras sobre el muro. Lo esparcía una esperma débil y tintineante.

—Qué triste muerte para un soldado. Ha debido morir en una balacera luchando contra delincuentes.

—O en su lecho rodeado de sus seres queridos.

—Hay que enterrarlo, no podemos dejarlo aquí.

—No cuenten conmigo. Me marcho esta noche.

—Yo haré lo mismo. Este lugar está maldito.

—Llevarlo hasta el cementerio y buscar una tumba, me parece imposible a esta hora y no espero hasta mañana.

—El pastor tiene unas criptas para él y su familia, veamos sí hay una libre —abren las puertas del sótano, un olor a humedad y moho invade el ambiente. Un murciélago vuela rozando la cara del cantinero que deja caer la vela que lleva en su mano derecha. Avanzan en medio de esa escenografía de espanto, tumbas de lado y lado, de los pastores y sus familiares; al fin, casi oculta, una está dispuesta. Abierta.

Lista El *Sheriff* cumple con el último trayecto de su existencia. Pese a la fuerza de los hombres, el peso del policía resulta desmedido. Varias veces tienen que hacer pausas y volver a levantar la carga mortuoria. Cierran con una lápida.

—Hay que marcarla, de otra forma nadie sabrá que pasó con el pobre William —prepara un cincel y comienza lento a tallar el mármol. El eco de los golpes repercute a lo ancho y largo del recinto. Ensordecedores. Los otros observan horrorizados.

—Ahora, que ya he terminado, que alguien diga una oración. Hay que invocar al altísimo para que perdone a este desgraciado suicida. El cantinero se quita la gorra y con la cabeza gacha ora. Cuando se persignan al final, salen disparados, cada uno por su lado. A velocidad extrema y peligrosa, tomando las curvas de manera desenfrenada, se ahuyentan esa noche del pueblo. Parecen perseguidos por todos los fantasmas de la creación y escuchan las desarmonías de los coros de aves apocalípticas.

Mary corrió a través del parque, luego se sumergió en la arboleda y al fin salió enloquecida a un camino empedrado dando alaridos. Un poco más tranquila dejó de llorar y gritar. Una cabaña vecina estaba desierta. Llamó nerviosa y convulsiva a la puerta de entrada, que cedió a los golpes. Dentro observó una bicicleta y sin dudarlo o pensarlo, la sacó y tomó rumbo a la carretera. Su deseo, salir lo antes posible del pueblo. Pedalea con una fuerza que da sólo el desvarío y la alucinación. Exhausta baja y comienza a ascender una cuesta, fatigada se sienta en una enorme piedra, a poco rato se avecindó un enorme camión, el conductor se intrigó de ver una mujer solitaria a esas horas y detuvo la marcha. Al rato ambos se dirigían a un lugar vecino.

El visitante siempre ha tenido un sueño muy pesado y profundo, además, una extraña una capacidad para involucrar pesadillas con la vida real, distorsionándolas y asimilándolas al momento. En su trasegar onírico de esa noche escuchó los disparos. Y los reflejos de bengala, disparados por la Miss, impactaron su visión. La parafernalia la proyectó en una extraña celebración con fuegos artificiales y música de fanfarrias. Voladores lanzados al aire. Una fiesta popular de dimensiones desproporcionadas. Una multitud delirante que aplaudía y festejaba. Bastoneras, bellas y gimnásticas, y un desfile de carrozas con damas a usanza antigua con trajes esponjados y crinolinas mozartianas. Bandas militares se sucedían. Un gigantón, imitaba, llevando un sombrero enorme, con barbas postizas, pantalones de bandera americana, a Abraham Lincoln.

Varias veces retozó en el lecho y dio vueltas, pero los sueños continuaban. A la madrugada se despierta y atraviesa la casa para observar el amanecer. Le sorprende que la puerta de entrada esté abierta. En la terraza respira hondo y profundo el aire, algo refrescante. A lo lejos el viento eleva las capuchas y no logra captar el mensaje siniestro de esas telas. De repente decide, se marchará. Ya no le interesa permanecer allí, se ha jurado deambular siempre, no deseaba atarse a bienes materiales. Ni dejarse seducir por el ambiente o la atmósfera de ningún lugar. Ignora las golondrinas y su piar soterrado, la respuesta lejana en eco de otros volantes que saludan el renacer del universo. El día se anuncia límpido, translúcido, las nubes se habían ahuyentado. Los árboles recobran su ritmo quedo suave, confidente.

Una música de cámara, seductora y susurrante emana de esa naturaleza. El río ha recobrado su quehacer y avanza llevando los reflejos de los sauces, difuminando las sombras.

Deja una nota y unos billetes. No desea despertar a la patrona. Recorre el jardín y pasa inadvertido los rezagos macabros de la noche anterior, no ve el laso ni los rifles. Abandonados en la premura de ese acontecer horripilante. Tampoco nota las túnicas. El clima se convierte en dócil. La temperatura desciende vertiginosa y le permite andar a buena marcha, arregla su morral. La carretera ha recobrado su ritmo y varios vehículos transitan, el cansancio lo obliga buscar que lo transporten. Un viejo Ford, ruidoso y destartalado, lo lleva un buen trecho y lo deja al borde de la carretera. Se ubica bajo un letrero, la flecha marca la dirección contraria: a Jasonville, diez millas.

Álvar, el profeta

Los vientos se conjugan con los manglares, ascienden por sus nervaduras y se expanden por las enredaderas de luz. Cruzan el aire tropical de la Florida y lo hilvanan con sus redes, inician el periplo por la atmósfera marina. Algas transparentes regalan y engalanan su sombra en la travesía de las gaviotas rumbo al océano. La península se divisa misteriosa, oculta por diseños de nubes y calima, la costa lusitana abre su esbozo. Es un trazo que divide las aguas y el globo terráqueo. Las premoniciones y sagas milenarias, transportadas, narran en secreto sus historias. En el centro del patio, frente a la pileta, permanecen. Escuchan el devenir eterno de las gotas que caen al abismo insondable, ecos reproducen su deceso. Aves ignotas anuncian el alba, es un tímido mensaje. Los patios de la vetusta construcción reaccionan ante el impacto. La sala permanece en la penumbra y los relojes despiertan. A una, marcan horas dispares. Es un desconcierto de algarabía que el hijodalgo ha creado para solaz suyo y desesperación de los otros. Recuento de su recorrido por los mercados de Malasia, de Singapur, de Hong Kong. Los que venden los aventureros de América y los negociantes de ébano del África. De todos los tamaños, y formas mueren y nacen a la vida para testificar las horas y señalar la futilidad del tiempo.

Álvar –hijo y heredero de nobles– como un fugitivo, con algunas pertenencias, poco dinero, muchas ilusiones y más esperanzas, atraviesa el recinto. El silencio se ha impuesto, y los relojes, de nuevo se ocultan a la existencia. El espejo cóncavo muestra su figura, noble, el traje de campaña contrasta con su gorra con plumilla y el espadín acorde con la espada. Monta el alazán, su colorido canelo hace juego, con su vestimenta de combate. Avanza, despacio, debe ocultar su partida del Duque –su padre– soberbio, altivo, inflexible y violento. La puerta de entrada rechina y el guardia, aún semi despierto, pregunta algo incoherente y Álvar le manda abrir y callar. Avanza por las callejuelas de la vieja y señorial Jerez, que se debate en los paraísos oníricos. Los cascos de la bestia, retumban en las paredes, y una que otra mujer se prepara para asistir a la misa, y observa la figura gallarda del futuro conquistador. El jinete se pierde en la lejanía.

Los espejos construidos en Alem-erbaim, por encargo especial del Conde Álvaro Cabeza de Toro; permanecían, desde hacía décadas, uno frente al otro, equidistantes, simétricos. Las figuras múltiples de la gran sala, su chimenea –siempre activa en los inviernos de Jerez– el mobiliario tallado por los más avezados artesanos; los candelabros, con sus brazos abiertos, como manos al aire, y el viejo lebrel, se reproduce en los espejos. En el cóncavo y en el convexo. En el centro las imágenes se deslíen en claroscuros. Los relojes centenarios se alargan cuando dan, con campanadas ecóides y roncas, bajas y difusas, las horas. Dos días más tarde a la partida de Álvar, en que el Duque, rabioso, paseaba energúmeno por la sala, olvidó que ya la noche expandía su telaraña de sombras. Seguía refunfuñado, los dos espejos se resquebrajaron y sus pedazos cayeron al suelo en un desorden preconcebido. Ese rompecabezas de caleidoscopios proyectó luces y figuras extrañas. Un universo inaprensible. Todos los relojes dieron secuencias, imposible detenerlos. Luego que el Duque diera gritos convulsos oprimiéndose los oídos cayó en

un estadio de sopor. Se temió, más por su vida, que
por su muerte, se suponía había sido presa de una
extraña epidemia de locura.

Las autoridades buscaron, con vehemencia y
denuedo, a un grupo de gitanos que se asentaban
vecinos al puerto de Santa María. Especialistas en
la necromancia árabe y en artes orientales de la
nigromancia. De los múltiples artefactos usados para la
profanación de los aires; eliminar los hedores terrestres;
ahuyentar espíritus y demonios, sólo encontró una
vieja brújula caldea. Todos habían huido impulsados
e impelidos por raras premoniciones. Los vecinos del
lugar confirmaron, que Álvar, los frecuentaba en sus
rituales nocturnos, y que había aprendido las magias
negras y vivas; que leían en tratados escritos en lenguas
incongruentes. Ilustrados, con dibujos extraviados, de
láminas con figuras incomprensibles para el resto de
los mortales. Los gitanos una noche echaron las cartas
sobre el cuerpo de Álvar y le señalaron la bitácora de
su existencia. Al alba, del día siguiente, partió rumbo
a San Lúcar de Barrameda.

T res noches antes de su partida, a una hora indefinida, y que los relojes marcaron arbitrarios, voltarios, confusos –las tres menos tres minutos– Álvar tuvo un sueño premonitorio. No reaccionó de esa pesadilla y durante largo lapso del día permaneció en estado casi cataléptico. Despertó, cuando su nana, la vieja árabe, Tatá, gigantesca, fuerte y hombruna, le lanzó un jarro de agua sobre el rostro. Impedía así, un discurso incoherente en lenguas desusadas y que nadie comprendía en la casa, menos aún los vecinos –una romería había desfilado frente al cuerpo convulso– y un sacerdote vino expreso, a escucharlo. El Duque se encerró en la capilla, rezaba en voz alta para que los demonios y Luciferes dejaran a su hijo; y la madre partió atemorizada a una finca vecina. Álvar se levantó alucinado con la vista en ninguna parte y comenzó a dar vueltas alrededor de su alcoba. La pesadilla conservaba su fuerza y vigor, y se reproducía, constante, ante la mirada cerebral del joven. El cuerpo yacía muerto.

Estaba allí extendido después del largo estertor, preámbulo al deceso, en medio de un catafalco, oscuro, rodeado de cuatro candelabros. Las llamas, después de un movimiento trémulo, permanecían estratificadas. Su cuerpo se levitaba y de nuevo caía en la profundidad del cajón. Salió de sí mismo, dividido en dos partes. Sus manos se extendieron sobre el cadáver y reprodujeron como si se tratara de arcilla dispuesta y moldeable, la escultura de ese ser que navegaba en los caminos ocultos y siniestros del Hades. Un coro, gutural, ronco, bajo, repetía una nota. El muerto se eleva y se une a las manos. Luego se introduce y conjuga con el cuerpo. Incontables veces se reproduce ese devenir y levitación, hasta que la amalgama se perpetúa y cae dominado por el sopor.

*E*l alazán avanza, erguido, altivo, y señorial, desde la silla Álvar, con movimientos casi imperceptibles, lo guía. *Ladea su gorra de terciopelo canela, al viento su pluma, retoza, y de vez en cuando, nervioso, arregla algo de la montura. Observa los caminos rumbo a los pueblos blancos. Su barba, puntuada, cuidada con esmero, reluce en su color trigo, contrasta y compite con el sol, astro, altivo, y resplandeciente, en el verano andaluz. La imaginación busca con la historia los límites eternos entre el universo musulmán –arrebatado a los moros; y el cosmos hispánico– donde nunca impera la noche, ganado al son de mandobles, impelidos por la fe, la bravura, y la valentía.*

Ya a lo lejos se divisa Arcos de la Frontera –al fin la Frontera– con sus construcciones esculturales bifurcadas en el viento, creadas en la atmósfera con su base de nubes; y que ese día, a diferencia de muchos de niebla y calina, se elevan asidas a los rayos dispersos que se extienden como una red de sortilegios. Es el sol, radiante, capturado al África, impone sus dominios de luz y clarividencia. *La bestia, avanza, por las calles empinadas de Arcos; y atraviesa, sin contemplar, la magnífica plaza del ayuntamiento, con su espadaña inmersa en el cielo traslucido. Tampoco escucha las campanadas del viejo reloj, que anuncian las once de la mañana. Las campanas, talladas y con imágenes y leyendas alusivas al medioevo, se protegieron en el convento de Clarisas para ahuyentar todo vestigio de demonios. El pueblo de Arcos recuerda aún, pese al olvido cincelado por las décadas, el concierto inicial de ese juego de campanas, que dispersó por los aires a bandadas inusitadas de aves disímiles. Su colorido, se desleía, resquebrajado por las sombras de las nubes. Álvar detiene su cabalgadura frente a un mendigo, ciego, burdo, toca una guitarra y canta con reminiscencias flamencas y arábigas. Su voz, gruesa, y melancólica, impone una añoranza desconocida. Le compra la guitarra y se detiene frente al balcón revestido de hortensias, su inflorescencia cubre la pared. Álvar tañe. Repite varias veces. Al fin aparece, deslumbrante, con su traje rojo, de manola, su clavel del lado izquierdo del cabello, negro, azabache, que cae con descuido estudiado, en bucles, hasta la cintura. Sus ojos, inmensos, y tristes, compiten con la oscuridad del cabello y resaltan el color de su piel morena. Su rostro se ilumina al contacto con la visión del enamorado.*

Hábil, levanta sus enaguas, y desciende, asiéndose a una escala improvisada por leños que soportan las buganvillas. Monta en el anca. El alazán engalanado por las vestiduras, los encajes, que asoman bajo la falda, amplia, se lanza al trote. Álvar lo detiene, regresa el instrumento al invidente y parte. Su novia le acompañara un trecho antes del adiós; que se prometen, como preámbulo corto a su carrera de guerrero y conquistador. Ignoran, que el destino, los separará para siempre, y para confirmarlo, ha llamado como testigo, las esencias y rumores de la atmósfera paradisíaca de Ubrique.

El alazán avanza por los caminos que tejen y entrelazan los pueblos blancos, que se elevan, compitiendo, con el azul límpido del firmamento de verano. Los trigales, mecen sus estructuras, en un vaivén calmo, ondulante; y sus tentáculos de oro se elevan en ese firmamento. Los olivos circundantes dan colorido a la escenografía. La montura retoza de vez en cuando y cambia el ritmo de su trote, el caballero tuerce su estructura de lado a lado y levanta altivo la cabeza. Ya, a la distancia, se elevan los monumentos de Sevilla, la Giralda, monumental y abigarrada, con sus extremidades semejantes a seres antediluvianos. La Torre del Oro, un cono erguido y sólido, a la espera de la riqueza, que viene allende los mares. Vigía implacable del gran río. El imponente Betis de los romanos. Decenas de iglesias se corresponden en sus espadañas con sus campanarios listos a doblegar a los fieles en rosarios, misas, y letanías de difuntos. La calle central, la maravillosa Sierpes, se ilumina en la mente del futuro conquistador. La ciudad toda cincelada por el eterno río, el Betis —que se llamará el

Guadalquivir– viviendo su vida, bifurcada, en andas romanas y arábigas. Un navío, con su velamen al aire, –que se hinchen y reducen con un compás inusitado,– imperceptible del viento. La urbe es un caldero donde se han centrado los calores de todas las áfricas y del piso emergen vapores calcinantes. Álvar, se libera de su camisa, y deja su pecho a las inclemencias de ese sol, dominante, y poderoso. Busca la residencia de su tía, viuda desde siempre, con hijos que partieron sin regreso, allí reposará y dejará su montura. El navío lo llevará a San Lúcar y otro lo espera rumbo a lo desconocido, con los aires del otro mundo. Envuelto, en unas redecillas desconocidas e invisibles, que lo manipulan y vapulean, Álvar es una marioneta, su destino ha sido escrito y delineado.

*E*l navío, creado y construido para trayectos cortos, avanza, gallardo, ágil, y veloz, atraviesa las regiones privilegiadas de Andalucía, la seductora de los moros; esa que incitó a la cristiandad para una guerra sacra. Permite, el periplo, que su imaginación elabore fantasías de las tierras por visitar; de la existencia que se proyectará en esas nuevas regiones. Se confabulan, con sus lucubraciones; el viento, –le cincela y moldea su rostro–; la brisa, –le oculta el paisaje y la ensoñación vivificante–, del calor abrasador.

San Lúcar es un epicentro del gentío que desea partir rumbo a lo desconocido, a la aventura, la muerte, la riqueza y gloria. El dinero cambia de manos con facilidad, se compran utensilios y provisiones, ropa, comida seca –alimentos que combatan las inclemencias del clima– hay mercados ocasionales por todas partes. Muchos juegan al azar, dados ,y otras invenciones lúdicas. Álvar, busca al "Cisne Blanco", la Nao que le han indicado; ya la ha visto en sus sueños premonitorios. *La descubre anclada en el muelle. Parece sólida. Hace el arreglo con el Capitán, un hombre seco, de barba, poblada, negra, descuidada. Cuando habla salpica de su dentadura incompleta. Es adusto y desagradable. Maloliente y pendenciero. Álvar comprende que debe mantenerse alejado y evitar problemas. Paga y se retira; un marinero, joven y anodino, le muestra una litera. Ese su lecho y hábitat por todo el trayecto. El mar ha mitigado y dominado la temperatura. El sol yace moribundo, expande su último estertor y la circunferencia se reduce buscando las entrañas de las aguas. En el firmamento las luces luchan con las sombras de la noche. La oscuridad, trae una luna plena, irradia una nueva dimensión de la luz. Álvar, desde la baranda, deja que la poesía, los cantos y murmullos, elaboren los ritmos y secuencias de la ensoñación.*

L a travesía avanza en contraste con un firmamento luminoso, radiante, refulgente. La aparición de nubarrones, medrosos, atemorizantes, se convierten en asinfonías de rayos y centellas. La bóveda celeste es escenario de luchas cruentas de luces hijas de la borrasca. La nave, como una concha de nácar marina, es vapuleada y los inquilinos lanzados de lado a lado. El sector dedicado a las bestias, dos caballos, un cerdo y gallinas, elevan voces de protesta y pánico. Los marinos se esmeran en ese trabajo arduo de mantener en curso la embarcación; y Álvar, testigo inmutable inscribe en su cerebro todas las impresiones, que al día siguiente —cuando la mar compensa las vicisitudes, con una paz y sosiego, de olas inalterables— escribe con cuidado en un texto secreto. La tripulación, y el equipaje, son los corrientes y normales en esos viajes, hombres, rudos, fuertes, armados, que como argonautas de un destino impredecible y macabro, esperan pacientes la llegada a la isla de la "Española" rumbo final. Solitaria, una muchacha, apenas rozando los quince años, suscita, toda clase de incógnitas. *Unos atribuyen su viaje a un posible matrimonio con uno de los regidores de la isla, otros, menos optimistas, creen que va a un convento donde una tía, histérica, vieja y nerviosa, guía una comunidad de Capuchinas. Su único interlocutor es Álvar, esa solicitud también crea suspicacias y chismes. Comparten una vida adusta, comunitaria, insalubre, durmiendo en un recinto. El océano recoge los excrementos y las basuras. Algunos marinos, pese a los peligros, se atan a una cuerda y nadan vecinos a la nave. Es la única forma de asearse. Los levantan presurosos cuando aparecen tiburones y otras especies desconocidas. La Nao hiede, es un olor mortecino indefinible. La muchacha, que se llama Carmela, sufre en extremo para conservar su independencia, la virginidad, y la figura aseada. En uno de los vendavales, cae golpeada, por uno de los mástiles, que giraba como una rueda de molino, incontrolable y loca. La muerte se apodera de su rostro, puro, ensombrece los ojos que permanecen abiertos, ausentes, más negros en su negrura. La palidez domina su piel. La levantan dos marinos y la colocan en un lecho, se preparan para la terrible parafernalia de muerte: La oración de un franciscano, regordete y taciturno, luego el golpe del cuerpo contra el mar, el cementerio marino. Álvar se abre paso. La observa melancólico. Luego coloca sus manos largas, afiladas, punteadas, sobre la cabeza de la joven. Cierra los ojos como si rezara a entes milagrosos del cosmos. Es un lapso indefinible, es* un prestidigitador dominador de hombres, todos callan. Viven en la epidermis de sus nervaduras la profundidad del adiós. Impiden que las lágrimas delaten rastros ocultos de ternura. De repente, la muchacha mueve el brazo y su mano izquierda reacciona convulsa. Abre su mirada, que es difusa, ausente, obnubilada. Se sienta. Todos exclaman un grito inescrutable. Álvar, se retira, silencioso y desde la popa se compenetra con el ondulaje de las olas. Deja su imaginación flotar al ritmo cadencioso del flujo y la respuesta del reflujo. Una gaviota, negra, detiene su vuelo y grazna, pone su tinte sonoro a la atmósfera que se prepara para la noche.

L as noches son interminables en ese océano desconocido y amedrentador, con sus asonancias de vientos, brisas, mareas, sagas secretas de las aguas, vuelos ignotos de aves. La calma, que se extiende tranquila, puede interrumpirse sin aviso y tornarse en vendavales y huracanes; en ese momento, elevan y descienden el oleaje, de cimas enormes e inconmensurables a precipicios acuáticos. La nave es una paja en ese trayecto, esclava de la naturaleza. Los días soleados, Carmela y Álvar, observan el devenir del mar y conversan, al comienzo en escaramuzas y aproximaciones. Así, descubre el Jerezano que la muchacha ya ha estado en "La Española". Le describe con lujo de detalles –de repente esgrime toda su feminidad verbal– las callejuelas estrechas. Los ecos, de casas de un piso, que se reflejan las unas en las otras; los balcones, con sus rejas contorneadas y abultadas, cuando llegan al suelo. Los patios centrales de esas residencias, con sus pilas cantarinas; los azulejos, que revisten las paredes; las sillas, de mimbre, que albergan bellas muchachas. Los patios interiores, tres, en que las cabalgaduras y

los asnos retozan y descansan antes de recorridos por
los campos en pos de los alimentos. De transportar a
los caballeros a sus haciendas. Mientras lanza algún
objeto al mar, en su trayectoria se pierde en la lejanía
de los reflejos. Carmela piensa antes de continuar y
observa al muchacho, su mirada es indefinida, puede
ser de amor o indiferencia. Juega con toda la maestría
de fémina. Él la incita a continuar. Y de esos paseos
por las callejuelas de la "Isabela", urbe de "La
Española", en que la noche la ilustran faroles opacos
amaestrados con materias desconocidas, pasa a la
plaza central. La iglesia, con dos espadañas, con sus
campanas, cede al viento sus sonidos lúgubres, de una
melancolía contrastante con la vitalidad que impone
el sol, en su coito con el mar. Y regala al firmamento,
los remolinos aéreos producidos por la brisa. Es la
iglesia, dedicada a Santa Clara de Moguer, vigía y
testimonio, que domina. En el centro, un obelisco, con
fin y diseño indescifrable, junto, a una pila, se eleva
el agua con dibujos sustraídos a la luz y los reflejos.
Mientras habla, el día ha seguido su curso y ya los
clarines finales del astro rey, que reflejan el océano
en los aires, anuncian el paso sosegado, implacable y
continúo de la noche. De las sombras surge la última
descripción de la casa de gobierno, con sus dos pisos,
las columnas de madera, el corredor embaldosado, los
balcones con sus enredaderas de buganvillas. Una
llovizna amenazante y de direcciones convexas les
impide la permanencia en cubierta, descienden al
dormitorio comunal. Las ratas, hambrientas, insisten
en engullir los alimentos, huyen al escucharlos. El

sonido constante del maderaje, impone un ritmo amodorrante, el sueño domina y vence, los ronquidos crean un mundo siniestro.

Los huracanes y vendavales, habían comenzado, impelidos por una ventolina suave, vivificante, seductora, se expandían gigantescos con sus tentáculos creando redecillas envolventes e ineluctables. Poseyeron al "Cisne Blanco" Lo dominaron y cambiaron su ruta atrayéndolo como un imán. Lo apartaron del sendero marino que conducía a "La Española". Los marinos, obedientes; y el Capitán, que gritaba como un energúmeno, dando toda clase de órdenes –a veces contradictorias, arbitrarias y dictatoriales– nada podían hacer para lograr el rumbo fijado y previsto. Álvar, percibe, el llamado de la muerte, presente en la periferia, con sus garras afilando la guadaña y sonriendo; muestra sus dientes, desproporcionados e impares, con una mueca de gozo. Comprende que ya no verá la residencia del gobernador; no escuchará el piar continuado y matizado de los canarios, multiformes y colóricos, volando en la inmensa jaula, esa, que simula el paraíso terrenal; asiéndose a los columpios reflejados en las aguas de la pila. Estanque la que retozan los pececillos ganados a ese mar translucido y transparente. *Ignoraría en el trasfondo de su psique, a la mujer nativa, de piel canela, encargada de levantar la palangana del fondo de ese pozo, mientras recababa en la tierra desentrañado sus misterios. No paseará por los corredores, que se extienden bordeando los patios, creando la atmósfera, propicia a los fantasmas; y escenificando el pánico a las tinieblas nocturnas. Luminosos, seductores, en el día, con sus vestiduras de margaritas —blancas y púrpuras— de buganvillas lila, escenografía que acoge los pasos de la hija del mandamás. Ser que dota, a todo, de fantasía al rozarlo. De halo poético. La escultura de su reflejo impone el acontecer a lo que la rodeaba. El ritmo de sus pasos, conjugaban las melodías con el tacto de sus vestiduras amplias, finas, de encajes elaborados por manos de hadas y sílfides. Su andar, se escuchaba sosegado por todas las estancias; y los objetos se transforman cuando sus ojos lánguidos, de azul melancólico, los reflejan en el interior de su ser.*

El navío se resquebraja, y el maderaje cae al mar, desordenado, absorbido por un remolino gigante. Gira desmesurado. Toda su estructura se deshace, y con los habitantes de esa embarcación, se desperdigan, en el aire y en las aguas.

El escozor de la piel desnuda, la lacera el sol, y al mover su cuerpo, roza las puntas agudas de ramas y pasto. Está tendido sobre el césped y le duele toda su estructura. La nervadura, a flor de piel, explota al mínimo contacto. El dolor es intenso. Abre lento los ojos. De lejos se escucha un sonido extraño que no identifica. De nuevo cierra los ojos y recupera –con gran esfuerzo– la imagen de su cuerpo. La escultura se rehace y surgen los brazos, las extremidades. Se levanta de un salto y da un alarido, casi cae de nuevo. Ve un caimán, inmenso, poderoso luchando contra un tiburón. Se retuercen dentro del agua y salen impulsados e impelidos por la lucha. Las hileras de garfios del tiburón no logran deshacer el caparazón, poderoso, del saurio, que se mueve en círculos para impedir cada ataque. Lo propio hace su contrincante.

El trofeo, deja petrificado a Álvar.
Sobre las aguas yace, boca abajo, sus cabellos flotando, diseminados, esparcidos, como una medusa. Los brazos extendidos, el cuerpo alargado y la falda

ampliada por el aire. Carmela, está muerta. Se había ahogado en el naufragio. A veces su cuerpo magnífico aparece cuando la brisa vence las vestiduras de la muchacha. Por un instante Álvar piensa en lanzarse al agua y salvarla, de inmediato comprende lo absurdo de sus deseos.

El escualo, movido por extraños designios, desaparece. Solitario el lagarto comienza su banquete. Horrorizado Álvar contempla la mancha bermeja que se expande por la superficie mientras el saurio se retuerce triturando y desmembrando su presa.

Arrodillado, llora, desconsolado, mientras recita una oración. Un réquiem que escuchan las aves, en piar y graznar desordenado; con el caos, despiden, las ilusiones, la vida, las ensoñaciones, de ese ser perdido en las redes incongruentes de la aventura.

Camina sin rumbo, evitando los zarzales, los matorrales, plantas, puntadas, agresivas, lianas, que forman redes incongruentes. Los mangles, con sus diseños aéreos, distraen su atención, lo atemoriza la aparición fortuita de un lagarto. Culebras retozan tomando el sol moviéndose en círculos; y animales indefinibles, las ratas acuáticas nadan amedrentadoras. Apresura el paso, para alejarse de ese lugar, con sus sonidos siniestros de ramajes crujientes; los chillidos de micos y macacos; el graznido gutural y mortuorio de búhos, listos a elevar su vuelo, solapado, silencioso. Las lechuzas gigantes. Crea corredores, abriendo trocha y camina presuroso por esa vereda ocasional para perder ese laberinto infernal abrasador —el sol domina el universo— infestado de mosquitos, zumbando, y dando vueltas a su cabeza. Un claro en el camino, lo lleva al descanso, y luego al sueño. Duerme y sueña por un lapso inconmensurable. Despierta con un agudo dolor de estomago impulsado por el hambre.

La luna permanece en un costado, dividida y recostada sobre la escenografía, de un azul, opaco, compacto. Estrellas rutilantes, desaparecen de inmediato en una existencia precaria, pero incisiva. Un contrapunto luminoso se expande por el universo en interrelaciones de la quimera sideral. El silencio se abre paso por las constelaciones y extiende su marejada. Sus partículas, se contraen, y dominan; con su dominio, el tiempo se estratifica. Álvar escucha el mensaje y abre su ser a la conjunción mística.

El campo se extiende en dimensiones inconmensurables, se difumina en los límites, las flores, distribuidas; simétricas y congruentes, en un jardín plano. Diversas, crean una sinfonía de colores. Las formas ovaladas, de las blancas, suspendidas en el aire sobre tallos espigados, metronomizadas por un viento suave, que acaricia su esencia. Un ballet del ensueño. Contrasta con las cuneiformes, bajas, naranjas, ceñidas al piso, por cañas firmes. Los girasoles totan en círculos, su colorido impregna el firmamento, para retraerse, difuminando su tintura. Arbustos, achatados y enanos, cumplen la misión de servir de balcón a las buganvillas, lila; otras concordantes, rojizas; las menos, bermejas. Circundando el edén, las margaritas; en eco; los gladiolos, multifacéticos, y coloridos. Álvar corre como un enajenado, con el rostro en alto; la mirada en la transparencia del firmamento. A su paso, se lanzan al vuelo cientos de volantes, de dimensiones múltiples, que se conjugan con colorido y forma, con las flores. Su aleteo, dispar, caótico e incongruente, acalló el silencio y esbozó un nuevo firmamento.

La naturaleza teje e hilvana, vientos, marejadillas de aires, marejadas de brisas, ventolinas y ventadas, unidas, raptan las flores caídas y las conjugan en una superficie. Álvar exhausto cae, largo y lacio, sobre ese colchón. El sueño asciende por sus extremidades y recorre toda su nervadura que se rinde ante el embate. Carmela está tendida boca arriba y en sus ojos se vislumbra el terror. Pronto será presa de los carnívoros habitantes de esas aguas;que coinciden con la sal de un mar inmenso y el río, dulce, que llega a morir en el océano. La lucha es encarnizada y las aguas son una pantalla de la que emerge una escenografía de aguas, gotas, luces; los dos oponentes, saurio y escualo, usan sus afiladas dentaduras para ganar esa batalla indecisa. Álvar, desde un observatorio privilegiado de la fantasía onírica, comprende que la vida de la muchacha pendía de él. Estiró las manos, se concentró, una fuerza emergió. No pudo dilucidar de que parte del universo provenía. Los combatientes cedieron como marionetas y nadaron separados al fondo de las aguas. Se alejaron. De nuevo sus manos recibieron las ordenes y atrajeron el cuerpo de la mujer a la orilla. Álvar percibe el devenir lento, pausado, calmo con los ojos cerrados. Sólo su mente lo capta. El flujo se repliega en la pleamar y deja el cuerpo sobre la arena. Álvar corre, Carmela lo mira fija, inexpresiva.

—No puedes hacer nada. Ya hace mucho que estoy muerta —Álvar desoye las palabras y no se deja envolver por su melodía, plana, rítmica, recurrente. Provienen del eco de un eco. La levanta y la pone frente, cientos, miles de hilos, imperceptibles van de un cuerpo al otro. Un lapso inaprensible, inmensurable. El huracán, que alberga una jungla de gavilanes, crea un remolino de ventisqueros. Centellas y rayos, rasgan la noche, que se había impuesto en el firmamento.

Pasea, tomándose las manos, con la resucitada Carmela. La playa acoge a la pareja, los envuelve en los reflejos de rayos, eco y secuencia de una luminosidad, irradiante, traslucida. El firmamento, diáfano, cristalino, se proyecta y refleja en el océano, transformado en una laguna mórbida, pensativa y ensoñadora. La eternidad les regala el tiempo y el amor. El golpe lo recibe en la espalda, acompañado de gritos. Despierta para encontrar los rostros agresivos de marinos; uno, de barba poblada y negra, con una cicatriz abajo del ojo. Lo patea de nuevo mientras todos preguntan; "De donde sales". "Qué haces aquí". "¿Tus compañeros?". "Has matado a alguno". Lo alzan, atan sus manos atrás. Álvar protesta, pero no contesta. A empellones lo hacen avanzar. Son tres, uno casi un niño, pero el más agresivo y grosero, lo increpa a cada paso. EL mayor, de unos treinta y pico años, de pelo rubio, le falta el meñique, argumentó que no era necesario golpear e insultar antes de dilucidar la procedencia de Álvar. Lo conducen por varios senderos, ascienden montañas y picachos, Álvar desfallece de hambre, y el mocho —a quien le ha caído bien— le da unas frutas. Llegan a un asentamiento de construcciones elementales de paja y piso terráqueo. Una indígena, delgada, muy morena, ojos azabaches, taimada y sumisa, cocina y limpia. La llama Malinuch. Lo llevan frente al mandamás, un gigantón, fornido y hombruno lo observa.

—¿De dónde eres? —su mirada es fija y no permite que su interlocutor la evada. Cuando escucha; Jerez, su rostro despiadado y cuadrado se ilumina.
—Ya sabía que te había visto en alguna parte. Yo también soy de lo mejor de la "Frontera", donde mal la hubieron esos hijos de... moros. Cobardes. Traicioneros y ladinos. No hay villa, ciudad o pueblo, más bello que Jerez —pero no permite que la emoción, que es obvia, se traslusca— descansa. Mañana con la mente desnublada, me responderás lo que pregunte, y que debo saber.

El agua helada, lanzada desde un cubo, y las carcajadas de los conquistadores lo despiertan.

—Levántate holgazán, imaginas acaso que vas a dormir toda tu precaria vida. El jefe te espera —Álvar demoró un buen rato en captar, aceptar y asimilar donde se encontraba. Había dormido profundo en una hamaca al descubierto. Protegido con un mosquitero improvisado, defendiendose, así, de los bichos y del frío que azotó la madrugada. Se despereza estirando y encogiendo varias veces los brazos. Frota sus ojos y lava su rostro con el agua de una pileta. Sacude la cabeza y se dispone a contestar el interrogatorio.

El jefe desayuna con frutas y unos bollos de maíz. Hace sentar a Álvar y le ofrece parte de los alimentos.
—Creo conocer a los Cabeza de Toro, tanto de oídas, como de personas —Hace luego una descripción de varios parientes del joven. Mientras habla engulle vulgar con la boca abierta y masticando fuerte, lo acompaña un

can gigantesco que gruñe a cada movimiento de Álvar. El jefe es enorme, sus manos las blande como aspas de molino, sin dejar los cubiertos de madera. Ojos negros, dentro de una barba, cerrada, puntada, mal cuidada, que le llega al pecho. Unas botas grandes, de cuero, con tacón; una espada y una pistola sobre la mesa. Afirma sus palabras con golpes secos, sobre la mesa, adusta, burda y elemental; construida con unos travesaños, amarrados con cabuyas.

—De ti sé más de lo que imaginas. Ya se hablaba y comentaba de tus andanzas. Te gusta la magia, la nigromancia y el andar en terrenos de gitanos, brujas y agoreros. A ver si descubres nuestro futuro en este desierto inconmensurable de tierras —suelta una risotada.

—Mi intención y rumbo son llegar a "La Española", pues para ese lugar estoy encomendado, y ya estaría allí, de no haber sido por ese ventisquero huracanado, que nos precipitó a los infiernos.

—¿A "La Española"? Has dicho —y repite varias veces mientras ríe energúmeno y desencajado.

—¿Sabes nadar? Vete nadando. Estás en tierras floridas, que así las llamamos, a cientos de horas de distancia. Te separa todo un océano, terrible, amedrentador y traicionero. Ya tuviste prueba de ello. Olvida tu sueño. Anda por ahí, mientras pienso en que te ocupo. Álvar sale preocupado y azorado. La nueva carta de navegación en su existencia lo llena de dudas. Su vida se ha convertido en una extraña ecuación plena de incógnitas.

L a pequeña plaza, lograda al bordear el poblado con casuchas de techumbre de paja, está plena de la soldadesca de Pánfilo, el gran jefe. Arrastras traen al Cacique Jailach, que se resiste, emitiendo gritos y alaridos, junto, semidesnuda, su madre. El principal da la orden, y primero, azotan a la mujer desnuda, ante el hijo aterrado, que permanece siempre maniatado y sostenido por dos de los guardias. Pánfilo, desciende de un balcón de la residencia, donde vive y gobierna, afila su cuchillo contra el pantalón, eleva la cabeza del indio. La muestra a toda la tropa, y luego, insensible, corta de un tajo la nariz. Álvar horrorizado quiere protestar, pero un morocho, árabe, bereber, le golpea el brazo fuerte:

—No te metas. Pánfilo, después de la derrota de Veracruz, no perdona. Es capaz de todo, ya lo has visto

—Álvar camina saliendo del poblado para descubrir un astillero, donde asiduos operarios —y algunos indígenas prisioneros— construyen navíos menores. Intenta aminorar la pesadumbre del espectáculo, que ha sido obligado a presenciar en silencio. Se siente cobarde, indigno, con vergüenza propia y de su gente. Lo invaden las náuseas y arroja. Algo repuesto puede observar, han talado numerosos árboles y arbustos, ya el esqueleto de algunas naves está listo para su revestimiento. Comprende que su permanencia en ese lugar será corta y que su destino lo llevará a rumbos desconocidos.

*P*ánfilo, como un excelente ingeniero naval y organizador, convoca a una serie de operarios ocupados en la fabricación y construcción de barcos. Varias decenas de indios, prisioneros; y españoles, unidos, clavan maderaje. Las indígenas; con telares, elaboran las velas, otros, talan árboles, y los más, pulen. Un hombre diminuto, con barba afilada y descuidada, de mirar oblicuo, de nombre Abinadar —su origen es árabe— es el creador de los planos y mapas, el diseñador fantástico de esa empresa ciclópea. Pánfilo, levanta a la colmena humana, a tempranas horas del amanecer, con unos campanazos estremecedores ineludibles. Los quehaceres duran hasta bien entrada la noche, tiene mucha prisa por conquistar y adentrase en territorios de esa región florida y recuperar su fama y nombre —en declives— por su fallida lucha contra el gran Cortés. El medellinense Conquistador de México.

Álvar fue asignado a cuidado de los equinos, ya que se supone los conoce bien, por haber pasado su niñez y juventud en los pueblos blancos. Poblados de Andalucía, ricos en caballos de todas las especies. Unos meses de arduo trabajo, logran concluir cinco naves que se elevan majestuosas en el bosque, con sus brazos erguidos, su velamen estirado, mecido por vientos de todas las dimensiones. Los puentes de mando labrados, la cabina del capitán, floreada y repujada con figuras enigmáticas. Disparan los cañones, que estremecen la selva, y anuncian el comienzo de una guerra, sin cuartel, contra enemigos desconocidos. Las campanas de los cinco navíos repican en asonancia y todos los operarios festejan el fin de los trabajos. En el puente de mando, de la embarcación principal, está el jefe militar y el cerebro genial de la obra, Abinadar. El árabe parece satisfecho.

—¿Y ahora, como las llevamos al río? Pregunta Pánfilo, ocurrencia que parece aflorar tarde. El enigmático árabe, sonríe, misterioso, como si en verdad poseyera todos los secretos de la navegación y su dominio. Es la actitud de un domador, de mares, vientos, ventolinas y huracanes.

Abinadar sonríe antes de dar la orden, los operarios comienzan a cavar bajo las naves e introducen cantidades de leños. Un camino en dirección de las aguas. Días de intenso quehacer hasta lograr el sendero, atracan los navíos con lianas y al grito del árabe todos jalonan. La primera nave se desliza suave, y pronto está, elegante, serena, marinera, con sus velas henchidas. Un viva sale de todas las gargantas. El proceso lo repiten, con algunas variantes y problemas, con el resto de las embarcaciones. Exhaustos se tiran sobre el musgo y duermen a la luz de la luna. Al amanecer, Pánfilo, asumiendo el logro, despierta a todos y llama al franciscano Aureliano Ojeda, para que bautice las naves a las que les dio los nombres de pueblos españoles, Ubrique, Arcos, Antequera, Carmona. El cura, con agua bendita, las recorre, y los conquistadores escuchan los latinajos, de rodillas, fervientes, obedientes y sumisos.

La noche dominada por las estrellas rutilantes, que aparecen para ocultarse de inmediato, sirven de guarida a los sueños extensos e ilímites de Álvar. Recorre las calles de Jerez, pasa frente a la basílica, luego asciende por las escalas que comunican las plazas hasta llegar a la residencia de sus progenitores. En la sala, envuelta por las penumbras del sueño, se ubica en el centro de los espejos —uno cóncavo y el de frente, convexo— y su imagen se diluía, regresaba gigantesca para desaparecer de nuevo. Una figura, yace en el suelo, y Álvar, extiende sus manos y ese cuerpo amorfo retorna a la vida, impulsado por al contacto con esas extremidades, largas, poderosas, de dedos fuertes. Despierta horrorizado y cree escuchar el llamado de los búhos. La sombra de Pánfilo estirando sus huesos y músculos, patentiza el comienzo del día, el final del alba.

*E*l grupo se divide, la mitad sale en las monturas y avanza comandado por el segundo al mando. El resto, a las órdenes de Pánfilo, toma las embarcaciones. Álvar hubiera preferido permanecer con los caballos, pues sus experiencias con el mar están cercanas, y los naufragios sufridos, lo hacen temer. Es asignado al control del velamen del segundo navío, de nombre, Ubrique, El grande. Puerto de Santar

Muchos de los marinos le piden que adivinara el futuro, pero se niega pues no cree en las cartas, menos en unas tabas que habían logrado de unos indios. Objetos labrados con símbolos y figuras de monstruos de un pasado lejano confluente con el origen del universo. Los más perciben que cuando se coloca al este y escucha los vientos, traduce las sagas de lo que ocurriría en el futuro próximo y lejano.

—Sólo el aire, empañado por las figuras y diseños del humo, crea el rompecabezas del futuro —dice enigmático— aquí no puedo usar los carbones de cuarzo, las piedras de chispa, impregnadas de esencias florales por los chamanes de Jerez. Las únicas que premonizan. Si enciendo la hoguera podría quemar toda la nave —sonríe lacónico y misterioso— eso desataría toda la furia del jefe y de los demonios. La navegación por el río es, sosegada, tranquila, con viento suficiente. Algunos saurios retozan en la arena y nadan de prisa en las aguas al escuchar la nave. Su aspecto, amedrentador y fiero. Las embarcaciones distan unas de otras, a pocas brazas. Los navegantes, tranquilos y seguros, juegan o departen, confiados. Las nubes avanzan con celeridad por el costado sur y cambian su colorido, pronto se tornan en nubarrones grises. Una constelación de luces anuncia la tormenta; y una chispa enciende la sinfonía de estruendos, los rayos se superponen unos a otros. Las aguas hacen eco y mecen los navíos, el curso del río se debate en las inclemencias. Desciende un rosario de piedras gigantescas, que impiden la navegación. Las embarcaciones son pajas, a merced del oleaje, en aumento desmesurado. Las quillas se resquebrajan y los leños se esparcen. Los marinos caen en las fauces de los lagartos, que celebran un banquete macabro con los cuerpos. Los gritos se suman a la discordancia de la naturaleza. El huracán, no remite, y destruye tres de los cinco navíos, los dos delanteros avanzan, a un claro del río, donde la navegación es más dúctil; al final, de nuevo la superficie se desliza en la caída. Casi paralelos, navegan, un fuerte golpe los detiene. Simultánea a la detención, una andanada incontenible de flechas de lado y lado de la ribera.

Los indios habían creado una muralla con lazos, abordan las naves y sacan a los sobrevivientes, seis del navío de Pánfilo, y tres; incluyendo a Álvar, del otro. El resto ha fenecido en el naufragio. Son los únicos sobrevivientes. Atan a todos, menos a Álvar —nunca entendería la razón de excluirlo— y colocan un leño en los cuellos al que amarran los brazos. Para hacerlos marchar los azotan con ramas espinosas, otros, espantan a los caimanes con un raro incienso; al impacto, los saurios se chocan, confusos y caóticos.

El olor de esas plantas, —que emanan un humo transparente, traslucido—, es un perfume subyugante, ensoñador, y adormecedor, que domina la mente y todo el ser de Álvar. En estadio de levitación sigue a los indígenas.

*L*as casas de la aldea a donde son conducidos los españoles, están construidas parcialmente en piedra y los techos, en paja. El tejado , un cono que se va cerrando hasta la punta, en la que dejan un orificio lateral, que permite el ingreso de la luz y evita las lluvias. Las casumbas rodean la plaza. Otras construcciones, lacustres, montadas sobre troncos fuertes y resistentes.En unos cayucos llevan a los prisioneros. Enorme cantidad de saurios rodea la prisión, los dejan solos custodiados por los lagartos. Están atemorizados, ignoran si los indios son antropófagos y temen una venganza. La noche la pasan escuchando ruidos de tambores, y cantos, con boca cerrada, de las mujeres; y alaridos intermitentes de los hombres. Los presagios son terribles. Desfallecen de hambre, uno de los hombres toma una bacía y la deja caer en el río y pudieron sosegar la sed. Llenan la jofaina y se lavan para aminorar el calor. Un enjambre de mosquitos los asedia. Escasamente caben sentados, y dormir es imposible. Comienzan a delirar y hablan todos al tiempo, narran acontecimientos *de su existencia; y otros, inventados producto de la fantasía. El calor es insufrible. Pasada la media noche, un gaditano taciturno, de espaldas dimensionadas, manos alargadas simiescas, llenas de vellos, comienza a balbucear, a repetir ba,ba, ba, el resto calla. La presión de ese sonsonete intermitente y letárgico trastorna las mentes de los compungidos conquistadores. Luego se levanta y su cabeza roza el techo de paja, delira a gritos. Lo persiguen fantasmas; seres de un más allá aterrador; animales monstruosos, de un cosmos macabro; narra, el paso simétrico, ineludible, ineluctable, de una masa informe, gris, que avanza como la gangrena en la noche. Lo envolvía, lo ahogaba, lo trituraba. Su compañero de lides, farras y juergas —que lo admira y aprecia— enloquecido, en un arranque de demencia y con la fuerza que da la insanía lo empuja al río. El estruendo es seguido por los acordes tétricos de los caimanes engullendo al enajenado. El gaditano grita con voces que amedrentan todo el bosque y se inmiscuyen en la selva. Un silencio, indefinible, mortuorio, fúnebre, sombrío, sigue a la lucha encarnizada de los lagartos, por distribuirse la presa. Sentados todos tiemblan y un joven imberbe, con cara de eclesiástico, inicia el padre nuestro "... que estás en los cielos. Santificado sea tu nombre.."*

El grupo reacciona y sale de su estado de obnubilación. Zarandean al homicida amenazando enviarlo al agua. Pánfilo impone su calidad de jefe y propone un juicio. Álvar sería el defensor, el joven con aspecto de seminarista y dos más, el jurado; De Narváez, el juez; y un tuerto, con una mano encogida y deshecha por una herida, el fiscal.

—Nada justifica el tomarse la venganza por propia mano. El muerto estaba delirando pero no hacía mal a nadie. Fue un vil asesinato y puede darse por bien servido que no ordene de inmediato la ley del talión, ojo por ojo. Que lo condene a convertirse en merienda de los lagartos —la voz del tuerto, Lope de Ávila, es cavernosa, amenazante, fiera. Su mirada fija, se mueve nervioso, y al hacerlo, la cabaña responde vibrando. Puede caer. Todos reaccionan, en ese momento Álvar toma la palabra:

—Nuestro estado no es el más propicio para la cordura. Llevamos horas sin ingerir alimento alguno, *la sed apenas se calma con esta agua malsana. Somos presas de los mosquitos. Los cerebros han cedido a esta escenografía infernal. No debemos juzgar, ni ser juzgados.*

—Por lo mismo, no se ha debido tomar esa decisión delirante y macabra. Pido la pena capital. Que delibere el Jurado —en ese momento de grandes controversias se escucha el golpe de los remos y las voces incomprensibles de los nativos. Pronto rodean la casumba e introducen a los conquistadores en los cayucos y se dirigen de prisa a la costa. Dividen el grupo, uno, conformado por de Narváez y los seis sobrevivientes, los atan y golpean inclementes con ramas espinosas; y otro, el de Álvar, solitario, al que conducen amables y solícitos. El Jerezano, en una cabaña cómoda con un lecho bien dispuesto. Provista de palanganas con agua y jugos. Alimentos sobre una mesa rústica. Pronto se acerca un hombre entrado en años, con canas muy blancas, que expanden los cabellos largos. Lo mira largo, a fondo de su psique, le toma las manos. No aparta sus ojos, azabaches, de los soñadores y traslucidos del español. Lo conduce a la entrada donde dispone de unos leños que entrecruza, dispuestos para una hoguera. Hace fuego, se diseña en el aire los esbozos de ese humo de color blancuzco, muestra imágenes fascinantes. Su fuerza, inagotable, parece vencer al tiempo y sumerge al jerezano en mundos de la quimera y la entelequia.

*L*as imágenes se bifurcan en el aire difuminándose, enhebran y elaboran diseños y sagas. Los paraísos se elevan cubiertos por las nubes transparentes. Álvar escucha músicas de flautas y caramillos compasados por un tamborcillo. Lo percuten con las manos sobre un cuero tenso, dos muchachas, espigadas, de pelo lacio y largo, —les cubre la espalda, de mirada ausente, cantan.

Álvar inicia el aprendizaje de ese lenguaje del misterio. Un hilvanaje etéreo circunda la atmósfera, va y regresa, de las jóvenes al aprendiz de mago. El tiempo detiene su marcha inexorable y lanza elipses al espacio. El espacio es eterno. Las manos del anciano, que oprimen suaves las del joven español, transmiten las claves de la incógnita. Álvar cae exhausto. Duerme por un lapso que se explaya en las planicies del sueño. Cabalga en un enorme corcel blanco de nuevo por las calles de su natal Jerez. Detiene su brioso animal frente a la entrada de la iglesia de San Miguel, y ora. Continúa su periplo por la ciudad de su infancia;

y va, hasta San Dionisio y ve un fantasma, que lo observa desde la torre riendo. Cree que es la muerte y corre enajenado exigiendo a la montura. El animal se enreda en las calles y callejuelas vecinas que atraviesa. Desciende las escalas de la plaza de la Encarnación. El sueño lo transporta a otros confines y escucha el vaivén de las olas golpeando el navío, instante de solaz y calma. Sosegado, el mar se confunde con su propio reflejo, que deslíen los ecos de la luz.

Esa primera lección, que ha dejado un vocabulario de la fábula, se repite, día a día.

E l mago jefe, alto, nervudo, silencioso y cavilante, observa el firmamento. Con sus manos huesudas, alargadas, da una orden. Bandadas de volantes simétricos y disciplinados,en disposición perfecta, alzan el vuelo. Aves milenarias, algunas homogéneas en su colorido; otras –las más– abigarradas y multiformes. Las sombras de los petreles, buscando las tempestades; las de paso, en tránsito eterno y continuo; las de rapiña y todos los informes crean diseños incongruentes en la superficie. El aleteo, simétrico y rítmico, resquebraja el silencio.

Los prisioneros son sacados de las jaulas de caña brava. Delante está Pánfilo, demacrado con sus manos atadas a la espalda; el resto, es dejado de lado, donde se aglutinan todos los moradores del poblado. En andas, transportado por seis indios, aparece el cacique, sin nariz, mutilado por de Narváez. Al verlo, el español hace un gesto de pánico y pavor. Los tambores ordenan una danza, una docena de indios obedece al mandato, y las faldillas de plantas, se bambolean al aire, mientras las lanzas giran de lado a lado.

El mandamás ibérico es colocado en el centro. El mutilado levanta y baja su brazo izquierdo, enérgico, una flecha impacta en el muslo derecho de Pánfilo, que comienza a correr gritando, enajenado, aterrorizado. Pide clemencia y ayuda a gritos; la respuesta: cientos de flechas que golpean el cuerpo en sus dimensiones, preservando las partes nobles, para producir una muerte lenta. Un extraño goce macabro es emitido por la muchedumbre con gritos de alegría. El jefe conquistador apenas puede ya mover su cuerpo pleno de flechas, cae largo tendido sobre el suelo. La sangre emana pausada y concuerda con los gemidos tenues del herido. La muerte avanza con lentitud, se ha apoderado de las extremidades —ya paralizadas— luego del tronco, y asciende por las comisuras del rostro. Se detiene, la mirada del español observa sus últimos instantes, que se prolongan indefinidos, ilímites. La muerte expande su guadaña, la blande en el aire, gozosa. Sus ojos fijos en la víctima; pero aún espera, una nube mortecina, gris, opaca, envuelve el espacio. El tiempo se confabula en la escenografía macabra. Una muchacha, virgen, espigada, azabache, bella, en su incógnita y misterio, avanza. Enciende la antorcha del centro, al consumirse su estructura, por designio de los brujos y magos, la muerte concluirá su labor. Pánfilo será al fin llevado a las rutas del Erebo.

Nadie se mueve en la plaza, el silencio lo perturbaba el dolor del Jefe caído. Sus párpados se cierran al ritmo de las sombras, único movimiento.
Álvar horrorizado se cubre el rostro y solloza.

Álvar durante varios días observa el riachuelo, límpido, transparente, luminoso, deja flotar sus pensamientos, plenos de melancolía. Los sauces con sus reflejos y sombras, incitan sus recuerdos y los deslíen en un aire temperado, quedo, que ondula en el firmamento. No logra elaborar y dispersar los acontecimientos. Recuerda el cadáver de su antiguo jefe, a merced de los cuervos y carnívoros, ensartado, atravesado y desfigurado. Las lanzas y flechas, en escultura macabra, escenografiadas por el púrpura mortuorio. La mano izquierda sobre su hombro, luego la derecha, le delatan la presencia del gran mago, el brujo por excelencia. Recibe el impacto de esa transmisión y expande su ser. El efecto no tardó; y del bosque circundante, del riachuelo, – que muere en una fuente cantarina, de la foresta– , surgen sagas y lenguajes. Idioma del misterio, que traduce. El piar de los pájaros se magnifica y se entrelaza en un calidoscopio de luces. Ondea el mar de vientos, undula los flujos y reflujos de ese océano de brisas. La selva libera su alma. El mar se conjuga y expande esa partitura de la entelequia.

*L*a paz, por lo general, breve, es interrumpida por incursiones y batallas. Se preparan, con ejercicios cotidianos, muy estudiados, disciplinados y de gran rigor, comandados por jefes estrictos. Disparan flechas, pelean con lanzas y rezan a los dioses de los combates, en medio de gritos estridentes. Acordes de chirimías y sones de guerra son dados por los tambores. Las mujeres esparcen, cuidadosas y meticulosas, los colores de lucha con ángulos perfectos en los rostros. Luego, los untan en los cuerpos mientras repiten frases mágicas, tediosas, monótonas, macabras. Esas oraciones deben preservarlos de los demonios del mal, de la muerte del cobarde —con castigo eterno irredimible— ahuyentarles el pánico, espantarles el miedo. Antes de salir coronan al jefe con un penacho de plumas, fantástico, abigarrado, de colorido multiforme, que se transforma al contacto con el sol. El astro y sus rayos se irradian como un arco iris, cambiante y variable, en una concha luminosa.

A la voz imperiosa del cacique, algunos salen corriendo rumbo a los caballos; el resto, la infantería, trota, vecino a los jinetes; todos cantan a la guerra y a la muerte.

La muerte siempre vence, de uno a otro lado. Alvar contempla ensombrecido la demencia humana y espera el regreso de las batallas, que trae siempre desgracias; madres llorando; huérfanos; heridos; muertos. Las victorias son celebradas con excesos, bailan frente a las hogueras al ritmo enajenado de los instrumentos, impelidos por un bebedizo extraño que los emborracha. Al llegar el día, el espectáculo del éxito es desgarrador; indios, en medio de charcos, y excrementos, dormidos aún, obnubilados por la fiesta.

Álvar es llevado y asignado a una pitonisa bruja. Mujer de una treintena de años, alta, escuálida, encanecida de manera prematura, de mirada, abstraída, melancólica. Las manos las mueve con soltura impelidas por las muñecas anguladas. Sus dedos, separados, distribuyen los elementos cuidadosos en la olla. Patas de rana; colas de cangrejo; escamas de cocodrilo; dientes de tiburón. Plumajes de búhos ciegos; uñas de gatos negros; incienso de árboles secos. Revuelve, ceremoniosa, mientras recita palabras incomprensibles, los ojos al firmamento, el pelo cayendo ordenado, sobre la espalda. Álvar la observa con mirada tangencial, simulando desinterés. La noche avanza y cambia las sombras de la hoguera fundidas con el sol de la tarde, por otras, fluctuantes, suspendidas en las penumbras nocturnas. La mujer, creada y disminuida, magnificada y desleída, se proyecta. Su rostro enigmático, sus senos, al aire, erguidos, tensos. Suspende el ejercicio sobre la lumbre, y sirve el bebedizo en una taza de barro. Horrorizado, Álvar, comprende que debe tomarlo y no se resiste, pese al asco y pánico que le produce. Toma sorbos, convencido, que su estomago no resistirá esa pócima mágica. Lo sorprende el sabor, pero en especial el efecto, una fuerza, vivificante, poderosa, y una visión de los seres ocultos de la foresta. Los fantasmas de la noche se unen y lo persiguen en una carrera infernal por los laberintos del bosque. Cae desfallecido y el sueño se apodera de sus entrañas. Es una pesadilla opaca que se transforma en un universo, denso, cerrado, negro, un precipicio, al que se cae de manera continua y sin fin. Álvar clama por auxilio y ayuda. La pitonisa, de nombre Molbel, lo encuentra bajo una fuente. El agua no le hace mella, continua hipnotizado; la mujer lo toma en sus brazos, delgados, pero dotados de un vigor poderoso, y lo transporta, a la nueva guarida en una cueva. Le cambia las ropas y atiza el fuego. La hamaca sigue el ritmo de músicas inaudibles, emanadas del centro de la tierra.

L as incursiones en campos de otras tribus son misteriosas para Álvar, no comprende la agresividad, el odio encarnizado. Regresan, las más de las veces, derrotados, diezmados, con heridos graves. Recurren a muchos medios de sanación, usando los conocimientos de brujos, que esparcen diversas plantas, de almizcles, elevando el humo, mientras ahuyentan los demonios de la muerte y la invalidez. Le impactan, las medidas extremas, a un muchacho que le habían clavado una decena de flechas en el muslo, es imprescindible recurrir a la amputación. Grita, adolorido, mientras lo adormitan con inciensos y rezos, en medio, de los llantos compungidos de las mujeres. Atizan varias hogueras y dan vuelta a varios leños, cuando están vivos, ardiendo, queman el muslo, hasta que la pierna se desprende. Cauterizan la herida, luego colocan la pierna amputada sobre un árbol y un indio se sienta junto, en el ramaje, preservándola de la voracidad de los cuervos.

Álvar no comprende la finalidad de ese ritual, pero la bruja le hizo entender que esperan que los habitantes de la foresta decidan entre la vida y la muerte parcial del joven. Al perder la extremidad, está medio muerto y hay que buscar la existencia en los follajes y las fuentes. Será juzgado por los muertos de las guerras, y en apariencia, su suerte estaba decidida, pues murió un amanecer sin pronunciar palabra. Parece despierto observando las luces que se elevan solitarias, rayos que rasgan el firmamento y combaten endebles las tinieblas de la noche agonizante. Sus ojos, al fenecer, expresan una melancolía indeclinable, inagotable, ilímite. Los párpados se van cerrando lentamente al ritmo de la muerte que avanza por su nervadura. Ninguna señal de dolor o rechazo. Los brazos caen flotando en el aire, lacios, desgoznados.

En la noche se elevan, de nuevo, las hogueras en el firmamento, cientos de luces que compiten con el cielo estrellado. Queman, en medio de bailes y rituales, la extremidad amputada. El cadáver del joven guerrero, en medio de una pira gigantesca, recobra su alma en los diseños del humo.

*L*a pantera, azabache, con movimientos ondulantes, se transforma en un inmenso can, cuando avanza desde el río rumbo a la cueva, al llegar, reaparece convertida en bruja, y sonríe socarrona. Sacude su estructura para reanimarla, toma los pétalos de las caléndulas, las miosotas y los girasoles y los esparce creando un camino hasta el jardín hechizado, pleno de colorido. Jardín de árboles, arbustos y flores quiméricas, con poderes sobrenaturales. Esa muralla, invisible, poderosa e imbatible, ahuyenta a los espíritus malignos y de la mala muerte. La selva, reacciona al contacto con los entes del más allá, que agitan sus entrañas. Los macacos, brincan de ramaje en ramaje, las serpientes se retuercen enroscándose en los troncos; los cerdos salvajes, y jabalís corren, en estampida macabra, y un coro de búhos y loros blancos, entonan, graznando, himnos aterradores. Las nubes nacen, y en su crecimiento, se convierten en nubarrones huracanadas y retortijan los hilos de viento de los remolinos. La estridencia crece, la pitonisa da

una orden perentoria, y Álvar tiene que ingresar a
la cueva. La mujer extiende sus brazos, alarga las
manos puntuadas y enciende lenta el fuego, sensual,
sensitiva, con los nervios a flor de piel. Las sombras,
del hombre y la mujer, se proyectan reflejadas en los
muros, en coito ocasional, danzantes, insinuantes. La
pitonisa, extrae unos cueros, de un orificio, ganado
a la roca y llama al joven. Observa los dibujos de
animales prehistóricos, otros, extraídos de mentes
obnubiladas y alienadas y dictadas por monstruos
de las penumbras. La psique de la mujer lanza un
mensaje, que capta de inmediato Álvar, se trata de
un volumen eterno de escatología, la clave del último
fin del hombre.

*L*as visiones de una mujer esbelta, bajo las aguas de una fuente cristalina, –rubia, la primera y única, que había observado– con unos cabellos ondulantes al ritmo de las ventolinas, impactan a los habitantes del poblado. Más los asombra, de esa fémina, espigada y garbuda, que cuando pasea en las noches se convierta en una fiera, negra, con pezuñas punteadas, agudas y cortantes, resplandecientes, echando fuego por las fauces. Ignoran si ese encantamiento lo produce, la bruja, en el hombre blanco, extrayendo la hembra, oculta en él. O es el visitante, barbado, el conquistador prisionero, –ser escondido en la cueva–, quien lo logra. Quizás, un poder especial dota a la fiera fantasmal de un dominio sobre todos, proyectándoles visiones, y embelesos, inexistentes.

Molbel, atiza el fuego desde el aire –con movimientos circulares–, que amplia y reduce las llamas. Flamantes se elevan los dioses del cuarzo. Despiertan del sueño milenario. Las estalactitas se corresponden y nacen al llamado de la luz del prasio. *Un universo emerge de la concavidad de la cueva, y en el centro, la pitonisa, adivina, esparce con sus manos, las estrellas.* Divinidad creadora de ese cosmos, su rostro transfigurado, iluminado, en transformación metempsicótica. Álvar, que ha recobrado su imagen y figura, se conjuga, transportado por los reflejos.

*L*os sonidos emanan sortilegios; las existencias de los árboles se proyectan en la foresta; el rocío esparce luminosidades; reduce y amplia el universo. Los vientos y brisas orquestan sagas. Todo se transforma, día a día, instante a instante, ante los ojos de Álvar, impelidos por las pócimas. La pitonisa, desaparece, envuelta en nebulosas grises cambiantes. La nueva, la que la reemplaza, silenciosa al extremo, Álvar llega a pensar que es muda; tiene, sin embargo, gran capacidad de comunicación. Una señal, una mirada, un gesto, delinean en detalle sus enseñanzas y exigencias. El aprendiz de brujo no entiende la función de esa mujer menuda, con un cuerpo equidistante, sólido y sensual, que esgrime, envuelto en nebulosas y calimas, excitándolo. Lo hace permanecer horas antes del alba; y más en la tarde al preámbulo de la noche; observando el acontecer. Debe comprender el lenguaje de las sombras cambiantes y su lucha con la luz solar. Crea hilvanajes entre esa redecilla de claroscuros y la fuerza de los encantamientos.
Anuncia austera la presencia de seres misteriosos.

Álvar fue decorado con diversas imágenes de ángulos y líneas transversas. Se le ordena doblegar sus músculos y dejarlos al contacto con la atmósfera del verano. El sol, ha señalado la hora del deceso, cuando aparece un brujo, anciano, que se había concentrado en una mirada ausente, distraída e inalterable. Lleva tres aves que cuelgan de su cintura. Muertas. Una, más poderosa y fuerte que las otras, águila de pico, siniestro, agudo, penacho multicolor, cuerpo, negro, con vetas, blancas, garras discordantes. Las coloca sobre las piedras de una pira. Álvar espera convencido que las quemaría en homenaje a los dioses de las cosas. El mago la toma de las garras, y ante el asombro del Jerezano, las tres elevan vuelo. El brujo sonríe poderoso y socarrón. Se pierden en la lejanía, el estira los brazos y los contrae contra su pecho. Las aves obedecen y regresan raudas, ágiles, dibujando piruetas en el firmamento. Se posan al tiempo sobre los hombros del brujo. El coro nocturno, de búhos blancos, y sus compañeras, azabaches, saludan a la luna. Las lechuzas se arropan tras los ramajes, que vibran tintineantes, ante el peso de los cuerpos.

La noche se convierte en una concha sonora que emite las voces de sus habitantes anónimos. Confidente y emisaria de las sagas secretas. Los brujos, y las pitonisas, se unen al clamor de los ecos alrededor de una hoguera. Las flamas, variables y difusas, esparcen caprichosas las sombras. El cementerio alberga al silencio en espera de la hora. Los huesos, ganados a las tumbas, unidos en cruces, señalan la ruta del más allá. Álvar es aceptado en el semicírculo, y estrecha las manos estáticas de dos brujas jóvenes, hechiceras desde la infancia, vislumbrantes del futuro. Cierran, todos, los ojos ante la conjura, el tiempo se deshace en la espera. Escuchan el murmullo de las emanaciones; y las sombras fantasmales, conglomerado siniestro, rodean la lumbre. Entonan un coro a media voz, con las bocas entreabiertas; al alba escuchan algunas melodías que emergen de la nebulosa. Todos se estremecen con el aleteo del águila y su vuelo. Retoza, en el aire, y queda sostenida por fuerzas intangibles. La siguen los otros volantes.

Un graznido de ultratumba cercena la atmósfera.
Las ciencias de las sombras y penumbras se apoderan
de los brazos, recorren los torrentes de las venas,
ingresan en las nervaduras, afilan los nervios,
dominan la mente. Las manos se liberan, cuando las
cabezas caen a la espalda, dominados por el éxtasis.

El tiempo, recobra su marcha, y avanzó medido por
las agujas de la foresta.

En desfile, de ocho en fondo, y en cola, –que parece eterna–, avanzan los gatos negros, maullando en himno a las cavernas; la marcha se prolonga la noche entera; y la escuchan, los brujos, las brujas, los pitonisos, las pitonisas y Álvar, colocado en el centro del círculo. Un hombre, gigante, famélico, nervudo, flemático; con una compañera –que parece el eco de su imagen– acompañan al jerezano. Juegan tabas con los huesos de los difuntos sobre las tumbas. Extrañas e indelineables figuras surgen de los astrágalos. Unas basas se intercambian con las ganancias del juego. El tiempo se arquea como una elipse, y lo mide la caída del rocío, a la hoja exangüe la remplaza la siguiente. Sólo los iniciados, escuchan, el paso de las gotas y su señalamiento implacable del tiempo.

Manos suaves, de hadas y ninfas, elevan el cuerpo de Álvar y lo transportan a la roca vigía del océano. Las olas salpican y mueren para renacer en espumas danzantes. Se eleva altivo, –es una escultura que moldean y pulen los elementos–, cincela su rostro el martillo de las brisas; su cuerpo, la maceta pétrea; cuando abre al fin los ojos, divisa el firmamento, diseñado por las sombras de los buitres, que se alejan rumbo al sur.

*L*os rayos, implacables y agresivos, rasgan la noche, fuertes y castigadores, y al tapiz celeste. Preámbulo de un huracán insaciable, que golpea las casumbas de lado y las remece agitándolas en ritmos siniestros. La lluvia arremete por los costados, los niños gritan y lloran, y se presiente el fin del universo. Los cantos de guerra circundan el ambiente, son parte de una pesadilla real. Miles de hombres con sus lanzas y flechas, inician una masacre, a la que los habitantes del poblado no pueden oponerse. Los enemigos se alían con los elementos para destruirlos. Caen, uno tras otro, en ríos de sangre. Las plegarias de piedad no son escuchadas; y madres e hijos son asesinados por las manos crueles e implacables. No toman prisioneros, al poco tiempo una pila de cadáveres en escenografía macabra se eleva en el centro de la plaza. Sólo hay un sobreviviente, que varios indígenas enemigos, han preservado y cuidado, Álvar. Está aterrorizado, temeroso, horrorizado.

Los vencedores de la masacre, entonan sones de victoria, elevando sus brazos al cielo ensangrentados, esgrimen las lanzas, en las que aún se notan residuos del combate. Toman las pertenencias, de algún valor, y abandonan el lugar a los cuervos, que comienzan el banquete siniestro. Álvar, frente al nuevo rumbo de su destino, prisionero; no opone resistencia y camina en medio de sus guardianes que le sonríen amigables. Desea destilar y analizar lo ocurrido. Pero esos seres, guerreros implacables, destructores, le producen desconfianza y repugnancia. Teme por su existencia y no comprende la razón para dejarlo con privilegios y vida.

Avanzan por caminos estrechos, los ramajes les golpean y tienen que guarecerse de las andanadas de viento y lluvia. Caen con frecuencia al caminar en medio del fango. Los de a caballo van delante; y atrás, en medio, la mayoría de la tropa; así los arrean y controlan. De vez en cuando, repiten las voces de triunfo, se reproducen en secuencias por los ecos de los árboles. Esa noche se prolonga, sin fin, eterna, adusta, amedrentadora, una hondonada abre paso a una cañada y a través de las dos mesetas, aparece un pueblo. Más amplio y ambicioso que el anterior, tiene algunas construcciones de piedra, una plaza y una cisterna, de donde obtienen agua con una palangana. Habían empedrado algunos trechos y calles.

Álvar es conducido a una de las casas y remitido a una habitación amplia con un lecho limpio, un asien-

to y una mesa. Frente, en la puerta permanece un guardia que no había participado en el combate. El jerezano se estira en el lecho y de inmediato presa de visiones voltarias y confusas, duerme.

*L*os llantos continuos, las chirimías fúnebres y toques de tambores, son el homenaje último a un muerto de consideración en la tribu. Las plañideras exaltadas, el poblado íntegro, con muestras constantes de dolor incontenible. El cacique máximo, el gran y eximio jefe, venerado por todos, había muerto. Permanece extendido, desnudo, con los ojos cerrados en medio de la plaza. Sus miembros, estirados, lacios.

Álvar, que ha sido tratado con deferencia y cuidado, es sacado a empellones de la casa por dos indios de aspecto temible. Lo golpean con las lanzas. Andan hasta llegar frente al cadáver. El silencio domina las mentes y Álvar percibe todas las miradas concentradas. Comprende que le quedan pocos instantes de vida, ignora, –aunque supone–, el tipo de ritual que celebrarán. Será inmolado para garantizar el tránsito y periplo del muerto por los senderos aledaños a los infiernos, hasta llegar a la gloria y al viaje eterno. Los sabios, los adivinos, las pitonisas, se acercan en pompa discreta, y permanecen cabizbajos frente al

cuerpo exangüe. Miran inquisidores al joven jerezano
y el más viejo le hace entender. Ha sido raptado, pues
se sospecha posee poderes inconmensurables. Propios
de los pitonisos y brujos blancos. El pueblo se abre en
un semicírculo.

En el aire revolotean los cuervos, ávidos de la presa,
son un anuncio aciago y macabro. Figuración ineludible de la muerte.

Álvar esta solo frente al cadáver. Arrodillado se
concentra. Ruega a los dioses de todas las constelaciones.
El movimiento íntegro del poblado se detiene; los ramajes
estáticos; el viento se congela en los aires; las gargantas
de las lechuzas y ratones gigantes, y de los búhos, se
petrifican. Sólo la gota cadenciosa e intermitente
de la fuente señala la etiología del tiempo. En ese
instante, Álvar, transmite una orden a la pitonisa
niña, que avanza y abre los párpados del cacique,
ante el asombro de la multitud. Álvar clava su mirada
incisiva en la del jefe, permanecen uno en el otro, por
un lapso ilímite. De los ojos, azabaches, melancólicos,
ausentes, del conquistador, emergen poderes. Eleva sus
brazos y rehace el cuerpo del cacique en el aire. Las
sombras lejanas de los arbustos se perfilan en los ojos,
y el universo entero renace acorde al movimiento. Las
manos del jefe tiemblan y extienden la vibración a lo
largo de su estructura. Todo su ser reacciona.

Lento, eleva la cabeza, su mirada, aún obnubilada
por el recorrido en los senderos de la muerte. El

asombro deshace la tensión, y la plaza entera, grita, enajenada, ante el milagro de la resurrección.

Los adivinos y pitonisas, andan, ocultando sus cabezas con las manos, los guerreros elevan sus armas, las mujeres se abrazan, mientras el gran cacique se levanta para comenzar una arenga. El mago, el profeta, Álvar, aprovecha la confusión, y el caos, sale sigiloso del pueblo.

Las sagas se contradicen; unos afirman, que se elevó en los aires transportado por seres paradisíacos, los acompañaban bandadas de volantes graznando en jubilo. Otros, insisten en que partió en un cayuco por los mares, y que las nereidas lo rescataron, y navegan por toda la eternidad en un navío esbelto y ligero. Álvar, delante, como un argonauta de la quimera y del ensueño, guía la marinería, hasta el final de los tiempos.

Aura

*E*se día se niega a nacer. Las montañas, en línea
protuberante, se oponen compactas al emerger
de un sol naranja poderoso, que deshilvana su
existencia con fuerza. La niebla, y la calima, retozan
desde los cimientos de los cerros y repiten los entresijos
de su existencia. Recrean las esculturas de sus formas,
que proyectan en ese amanecer; incoherentes, diluidas,
incongruentes.

Hay reminiscencias de sonidos, velados, del último
atardecer y clarines con sordinas opacas, impelen la
melodía de sus ecos.

Los árboles, absorben las entrañas de sus perfumes,
y esperan ese amanecer reticente que vence; y una
mañana esplendorosa irradia la sabana íntegra que
renace. Los arbustos, frente a frente, son un corredor
del ensueño y la fantasía. Los recorre con donaire.

Sus pies apenas rozan el piso en movimientos rítmicos,
suaves, pausados, que dan un tinte de vientos ignotos
a la atmósfera. Su cuerpo de diosa, bamboleado en

sedas orientales y en el flujo de la encajería veneciana. La fioritura de los arabescos del bordado roza su piel, que compite en textura y suavidad con plantas de selvas encantadas.

Es un hada que emerge y crea océanos de la entelequia.

Avanza en medio de esas plantas y de vez en cuando, con gesto poético, medido, cauto, alza su falda, con manos, rectilíneas, finas, agudas, para dar paso a su andar. La naturaleza íntegra parece responder a su llamado y reacciona ante sus miradas. Cientos de golondrinas, colibríes, palomas, salen de la fronda y esparcen su polifonía por los aires y engalanan los cielos con la policromía de sus ropajes. Mariposas en muchedumbre compiten. Oprime los párpados, sus ojos de nácar y el universo da lugar a un cosmos de aromas, fragancias y efluvios. Parece escapada de un olimpo de diosas y es envidia de las divinidades más antiguas y maravillosas. Regresa, majestuosa, jugando con un cáñamo que encontró a la vera del camino, golpea, somnolienta y abúlica; perezosa y distraída; encantada y absorta. Repite ese paseo, día a día, a la misma hora. La observo con fascinación, me resulta irreal, inverosímil una aparición de un más allá aún inexistente. Con sorpresa veo que se dirige al lugar donde espero que me abran la puerta o contesten de un apartamento. Hace rato que timbro, infructuoso, insistente, nervioso. Mientras busca unas llaves en el caos de una cartera femenina, sin mirarme, me pregunta:

–¿*Usted adónde va?* –*cuando contesto que voy al último. Al ático, deja de buscar y me observa con una mirada dulce, soñadora, verde clara, que esconden unas pestañas llenas de melancolía. Da la impresión de permanecer un largo lapso analizándome y luego dice:*

–*Curioso yo también voy a ese piso; es más yo vivo allí. Imagino, viene a comunicarme que el profesor de piano no puede venir hoy.*

–*Lamento sorprenderla. Quizás esperaba a alguien mayor. Yo soy el profesor* –*abrí las manos en un ademán indescifrable; pero que creo significaba ¿Qué puedo hacer? Disculpe.*

–*Debe ser usted un genio. A su edad, no puede tener más de quince años, ya es maestro. Extraordinario. Sensacional. "Chapeau" con la última palabra se quitó un sombrero alón, que cubría media luna de su rostro magnífico. Ovalado, proporcionado y sonrió introvertida, tímida, casi recatada. Ya estábamos en el ascensor y me estiró una de sus manos mientras se presentaba, soy Aura* –*dijo*– *madre de los dos genios que usted guiará por ese mundo maravilloso de la música.*

Aproveché ese instante para mentir.

–*En verdad no soy ningún genio y tengo ya 17 años; es sencillo y simple, he trabajado mucho* –*su risa me*

hizo pensar que no me creía. Observé su estructura
magnífica, proporcionada, era de una sensualidad
recatada, pero irresistible. Debe ser imposible hacerle
el amor a una mujer así. De todas maneras sería
mancillarla.

–Mientras llegan los niños, la parejita, yo me pondré
algo más cómodo. Ensaye el piano, es un "*Rachals*",
era de una tía mía. Es lo único que he recibido en
herencia –desapareció por un corredor, llevaba a
un dormitorio, que apenas pude intuir, pues sólo se
veía una silla floripondiada, donde yacía una bata,
también de flores y seda.

*L*a niña, mi nueva alumna era menuda, delgada y se semejaba en mucho a su madre. Manifestaba su emoción girando el cuerpo y rotando sus faldas. Otras veces, riendo, mientras ubicaba las manos en el regazo y cerraba los ojos. El muchacho tenía una fuerte tendencia a la obesidad y parecía diverso en raza y maneras a las dos féminas. Burdo, basto, con manos ponchas y torpes. Muy moreno. Jamás miraba a los ojos.

La madre parecía aún más bella con una bata amplia con volantes. Sus ojos eran muy especiales, me recordaban a esas modelos de *Modigliani* que había colgado en mi cuarto, ganados a una revista semanal de peluquería: "El Crisol" Ovalados, melancólicos, elusivos, cuando se introvertían. Al mirar, con esa profundidad, verde clara, creaban una zozobra en todo mi ser. No podía sostenerle la mirada.

—Niños —dijo mientras ampliaba su falda para sentarse en el canapé —toquen algo para su nuevo maestro. La niña se sienta de inmediato ante el viejo y desafinado instrumento. Tocó de manera mecánica, sin gracia, pero con algo de musicalidad, una sonatina de *Kuhlau*. Jairo, así se llamaba el muchacho, opuso resistencia. Se lamentó de las clases con frases incongruentes. Su interpretación correspondía a su físico, y destruyó una sonatina de *Clementi*. Un récord, dos errores por compás.

–Estudiaron con un famoso profesor Checo, Don *Karl Grull*, quien tuvo que huir de Alemania por razones de guerra. Tuve suerte que los aceptara –lanzó su cuerpo adelante para arreglar algo en la espalda y pude observar su cabello, castaño, lacio, brillante, recogido de lado, que enmarcaba ese rostro extraordinario. Largo, cuidado con esmero, cubre parte de sus senos, proporcionados, erguidos, tensos.

–¿Qué opina de mis genios? –concentra y expande su timidez al sonreír.

–Después de unos meses de clase le daré un concepto. Ahora es imposible. Tengo que analizar como se desarrollan –mientras habla, Jairo me mira desde la silla giratoria del piano, con desdén y algo de agresividad.

Durante muchas décadas Aura desapareció de mi existencia. Mi vida la había ubicado en un lugar subterráneo de mi subconsciencia. Muerta, en apariencia para siempre. Ser, que de alguna manera, no tenía para mí ninguna beligerancia o trascendencia.

De repente, con esas incógnitas y misterios de la memoria, la recordé. Pude reconstruir casi todo de su figura pasmosa. Fantástica. Prodigiosa. Ese logro increíble de la feminidad. Vino a mí, con el mismo hechizo del día que la vi por vez primera recorriendo esos jardines; que ella elevaba al nivel de la quimera y la magia. Reconstruí su mirada y luego sus ojos, y así, como si despejara una bruma, y la construyera, fue proyectándose íntegra plena de misterio, e incógnitas.

Noches enteras, antes de dormir, intentaba recordar su voz. El tinte y el tono dulce. La secuencia, las pausas que hacía, mientras meditaba con la mirada de lado, absorta en fantasías impenetrables. La calidez que irradiaba con sus pensamientos hechos palabras. Luego me vencía el sueño, rememoraba de nuevo ese primer encuentro, y a ella como una pitonisa del ensueño. Envuelta en su bata de flores, que envidiaría Monet, me narraba las andanzas de su existencia. Despertaba, para olvidar de nuevo, lo que había escuchado en los túneles de mi periplo onírico.

Mientras caminaba en el crepúsculo de una tarde, íntima, confidente, embriagante. Con la textura y perfume de unos sauces lánguidos, que cubrían el piso y ramificaban las sombras, de un sol decadente y moribundo, acepté lo inaceptable. Jamás recobraría esa voz. Nunca recordaría esa calidad sonora: el alma que diseñaba; la polifonía indescriptible de ese ser que la irradiaba.

Como los ríos, que al observar el paso de las corrientes, los reflejos que dibujan en su interior, convencido que siempre regresarán idénticos; también, imaginé cuando la escuchaba, que nunca desaparecería. Su existencia era tan consistente como las corrientes de esos caudales.

Había pasado, frente a mí, como el faro nocturno, nebuloso, brumoso, que ignora el náufrago.

S iempre tuve la impresión, que me corroboró el tiempo, y la experiencia, que no existe un sistema definido y exacto para enseñar los instrumentos musicales. Depende el éxito, de la capacidad de cada cuál, del talento, la forma de la mano y un misterio inentrañable; unos pueden, otros jamás lo logran. En la música, y en el arte –es posible que en todas las disciplinas complejas y elevadas– existe un elemento secreto que se devela sólo a un grupo de escogidos. Como dijo, *Wilde*: "Nada que merezca ser aprendido, puede ser enseñado"

Mis dos alumnos no estaban predestinados a recibir el sacro sacramento del arte –nunca se recibe– se lleva dentro. Se descubre, se transporta a la superficie, como la maravilla ante el toque del hada. La niña era menos áspera, pero compensaba cierta finura, con un desinterés sólo equiparable a su desatención. En medio de la clase brincaba convulsiva para proporcionarse un helado, al que también me invitaba. Lo que rechazaba con gesto de desagrado. Podía englobarse en medio de un ejercicio y olvidar por completo donde se hallaba. Pero era dulce, graciosa para su edad, que calculé en diez años. Jairo, era pesado y lento. No podía entender como una madre de esas condiciones, podía dar a luz a semejante espécimen. Tenía que gastar gran parte de la lección explicando una y otra vez la postura de las manos, que debía mover los dedos y no las muñecas. Cuando lograba, después de tediosos ejercicios, que tocara algo simple de *Schumann* o *Haydn*, la resultante me producía espasmos. No resistía su falta absoluta de musicalidad, de arte o sensibilidad.

Las clases resultaban una tortura que no compensaba el mínimo honorario que recibía. Además, me creaban un gran conflicto, tendría que ser honesto con Aura y manifestarle que sus hijos perdían el tiempo, y ella, su dinero. No se lograría nada. La retribución a ese suplicio semanal —miércoles de cuatro a seis— que mientras los hijos repetían ejercicios de *Czerny*, mecánicos, aburridos y monótonos; de costado, yo veía a Aura, sentada, cociendo, con una rara concentración que acrecentaba su belleza. No podía ver bien lo que hacía, pero enhebraba, y tejía, dentro de una circunferencia que sostenía la labor. De vez en cuando, cambiaba el rumbo de sus extremidades y arreglaba su falda, en ademán femenino, sensual, recatado. Hubiera dado cualquier cosa —carecía en absoluto de fortuna— por introducirme en sus pensamientos y seguir la ruta de esas lucubraciones fantasiosas. A veces levantaba la mirada para encontrar la mía, que apartaba yo de inmediato. Era como una caricia enternecedora. Luego, abstraída y ausente, regresaba a su labor. Yo vibraba con la sensibilidad de un sismógrafo impelido por esa magia.

Arreglaba su cabello, desprevenida para levantarse en busca del descanso. Al pasar reposaba su mano sobre mi hombro, y preguntaba, con esa voz maravillosa, que se escapó para siempre en los túneles de la memoria.

–¿Va todo bien? ¿Ya debo preparar el té? me parece que hoy han trabajado en exceso. Y la muchacha de color, servía. Brunilda, la criada, simpática, parlanchina y chismosa. Algo rechoncha y regordeta, iluminaba con sus dientes blancos relucientes; mientras traía una bandeja de plata repleta de bizcochitos. Luego, una tetera, desproporcionada en tamaño y lujo, para ese simple estudiante, disfrazado de maestro de piano. La niña, que se llamaba Alicia, como la abuela, desaparecía en su habitación mientras gritaba que prefería un refresco y un emparedado. Brunilda, obediente, de inmediato cumplía con sus deseos. El hijo, Jairo, que en verdad era, John Jairo, apenas liberado de la esclavitud del piano, salía corriendo rumbo al parque pateando un balón. Mi timidez, enorme por naturaleza, se aumentaba, al encontrarme solitario en ese apartamento, con una dama. Buscaba una disculpa para ausentarme.
–Nada de eso. No puede dejarme con los crespos hechos. Tomaremos juntos el té –cuando me senté comprendí que nunca había deseado nada con tal insistencia. Ella servía con el garbo y la elegancia de un escultor de aires. Movía sus manos, largas, finas, con una agilidad pasmosa. Me trataba con especial deferencia, como si estuviera frente al Rey

Jorge de Inglaterra. Acumulando un enorme valor, me atreví; hice el primer cumplido de mi vida:

—Tiene las manos más bellas que jamás haya visto. Estoy seguro de que nunca veré otras iguales. Son maravillosas —había alargado el cumplido y mis nervios hicieron que trastabillara. Ella sonrió. No podía dilucidar el significado o el mensaje del lenguaje secreto de su sonrisa.

—En verdad nunca lo había pensado. Gracias —movió la cabeza complacida. Comprobé que su cuello era de los que habían ensalzado Modigliani, pero muy superior al de las modelos de pintor, casi se lo comunico, pero comprendí que no debía hacer dos piropos el mismo día.

Comimos en silencio. Yo me concentraba, pues tenía poca experiencia en reuniones sociales y temía derramar el té o ensuciar el mantel maravilloso, bordado, de un material, delicado y suave.
—¿Piensa dedicarse al piano? —preguntó después de un lapso que me había parecido inacabable y eterno —nunca ha querido tocar para mí. Para nosotros, quiero decir. ¿Cuándo lo hará? Prométame que pronto.
Decidí contestar la primera pregunta y abrir un lapso indefinido para la segunda. Me aterraba tocar enfrente de ella que ejercía un efecto paralizante sobre todo mi sistema nervioso. Tenía, lo que los franceses llamaban "Le Trac", los alemanes "lampenfieber", y nosotros, el miedo escénico. Pánico a interpretar frente a más de una persona...

—Más que al piano, que no pienso abandonar,me dedicaré a la música. Me interesa la composición y la dirección orquestal —hice una pausa para ocultar mis nervios. Tomé agua. —mi padre se opone. Teme por mi futuro económico. "La música no produce sino satisfacciones, argumenta. Puedes morir de hambre". Insiste en que estudie algo pragmático o práctico, pero no creo tener talento para nada fuera del arte.

—Lo he visto de inmediato. Es usted un artista nato. Debe luchar. No hay nada más terrible que ser obligado a algo de por vida —ya me había levantado y daba las gracias varias veces, mientras ella buscaba el dinero de las clases. Me acompañó hasta la puerta, el vestíbulo de entrada era algo oscuro y estrecho. Percibí su perfume maravilloso, exhalaba una fragancia que solo podía darle un cuerpo como el de Aura. Estreché su mano suave que sostuve brevemente:

—La próxima vez no hay escapatoria posible. Un gran concierto por un enorme pianista.
Salí a una tarde, lluviosa, pendenciera, desapacible. Daba golpes al rostro con ráfagas de temporal. A esa edad se es alérgico a los paraguas, gracias a su ausencia, pronto me empapé. Pero la situación atmosférica no impidió mis pensamientos encontrados; por una parte, terror de interpretar frente a ella; y por la otra, la aparición de un ser que de repente me resultaba del mayor interés. ¿Quién podría ser el afortunado poseedor de esa maravilla viviente? Mil lucubraciones surgieron en mi cerebro, a juzgar por el apartamento,

cursi, pomposo, y de mal gusto, pero con arreglo caro y pretencioso, ellos eran gente de mucho dinero. ¿Un gran abogado? ¿Un político importante? Quizá, un médico famoso o un banquero, desalmado y terrible. Podría ser un comerciante con cadenas de súper mercados. Una frase dicha por Aura me intrigó: "Ser obligada de por vida" Podía ser que se vio forzada por conveniencia a casarse. Esa tesis, sin asidero alguno, se reforzó con otra, aún más irreal: Una mujer así, jamás podría encontrar un parejo que se le equiparara.

Un día planeo no ir al colegio, me levanto como de costumbre, y salgo, tal cual si me dirigiera al estudio. Debo gastar algunas horas deambulando por las calles, para internarme luego en algún cine de barrio, continuo y de dobles. De repente, al pasar por la vecindad de Aura, la veo caminar. Es muy temprano, y por sus ademanes, y maneras, podría deducirse que va a la misa. No puedo evitar seguirla. Pero antes de llegar a la iglesia de la Madre Eucarística, cruza la calle y se interna en el bosque. Es un amanecer que se ha pospuesto. La ciudad conserva la luz opaca de una noche cerrada y lluviosa. El sol ha muerto antes de su nacimiento. El camino es medroso, pero las gotas del rocío aún penden de las hojas conservando una vida efímera, existencia que puede fenecer en cualquier instante. Caen con modorra; y de inmediato son reemplazadas por otras. Dibujan cristales y reflejos de forestas del ensueño.

Hay correspondencia de diálogos en los flujos de luz. Aura es un hada hechizada que pasea en ese paraíso opaco, donde los duendes y gnomos, tienen su dominio. Su vestido, verde, amplio, pendula, impelido por enaguas de encajes finísimos. Sus extremidades guían ese devenir de la fantasía, y son la brújula, de un periplo de la alucinación y la quimera. Un ritmo musical, impone su andar, a todo el bosque y sus arbustos recogen esa imposición de melodías. Su sombra se proyecta y varía en la superficie, la dibuja mágica, diversa, fluctuante, a cada movimiento. Sus ojos, elevados desde su melancolía, se conjugan con el verde esmeralda de los prados; se reflejan y compiten con las estalactitas del rocío. Avanza, diosa entre las diosas, escultura de los aires, imagen y reflejo del viento, en concierto de polifonías. Remembranza del origen. La observo a distancia. Tengo pánico, no el que me descubra; sino el de interrumpir y perturbar a esa aparición de un más allá, ignoto. Desconocido. Indescifrable, pero maravilloso, extraordinario y Milagroso.

lcancé a escuchar el primer movimiento del cuarteto Opus. 59 de *Beethoven*, de los famosos *Rasoumovsky*. Se filtraba por las rendijas del apartamento de Aura, y se oía, claro, impactante, en el corredor. Brunilda, abrió la puerta e iluminó con su sonrisa amplia, blanca, reluciente. Desbordaba alegría.

–Los niños no están. La señora lo espera en la sala de música –acostumbrado a un nivel modesto me parecían inconcebibles ciertos lujos. Aura estaba sentada, llevaba un bellísimo negligé, negro, muy amplio; pero podía percibirse un cuerpo escultural. Traslucía su maravillosa estructura a través de una camisa de dormir negra, bordada con una encajería rica. Deslumbrante. Siempre descubría diversos aspectos de su belleza, en ese momento diseñada y definida por una profunda melancolía. Una tristeza inagotable. Creí notar algunas lágrimas en sus ojos, le daban un aire de luz a su mirada.

–Mi marido se llevó los niños al campo. Yo estoy algo indispuesta, pero he considerado una ocasión magnífica, usted y yo solitarios. Podrá interpretar al piano con más libertad, sin mis hijos, inquietos y retozones. Indisciplinados, ruidosos. No quise llamarlo, pues una disculpa hubiera aumentado mi desánimo –que es endémico– además, muero de ganas de escucharlo. Insinúa una sonrisa que resultó suave, convulsa y tímida, pero llena de encanto. Yo jamás había escuchado la palabra endémica, que imaginé, como una enfermedad grave. Estoy allí preso. No había más remedio, la interpretación. Pienso en todo eso al oprimir su mano, larga, que extendió a manera de sostengo. El tintineo de una pulsera se calmó, yo la sostuve por un lapso que viví como asombroso. Único. Pasmoso.

–En realidad lo que propone es una herejía. Dejar de escuchar este formidable cuarteto para sumergirse en mi interpretación y en una ejecución mediocre.

–No sea modesto. Presiento que es un gran artista, quizás todavía en cierne. ¿Le gustan los cuartetos? Este es uno de mis predilectos. La parte inicial del violonchelo asciende por mi espalda. Vibro con cada una de sus notas. Me produce un espasmo muy especial, indescriptible. Indefinible, llega a toda mi nervadura. Me es muy difícil oírlos, mi marido detesta la música clásica, va por las rancheras. Y los niños hacen tanto ruido que me impiden la concentración, en tardes muy especiales me disfrazo con mis ropas de casa, me siento aquí, a vivirlos hasta el fondo de mi ser –pensé ¿Disfrazada? Sí, cuando sale como el resto de las mortales; así, como está ahora, tendría que haber sido la Pitonisa Mayor del Oráculo de *Delfos.* Una mujer hecha desde su propia sombra.Respondí muy circunspecto.

–La mayoría ama al *Beethoven,* fuerte, titánico, poderoso, de las sinfonías y los conciertos. Este mundo, el de sus cuartetos, mejor sería llamarlo, Cosmos, es de una profundidad que trasciende toda especulación. Hace años que sólo me interesan algunas obras de *Bach* y estos cuartetos. Leí una novela, de un autor, comienza a imponerse, que un cuarteto de cuerdas, creo del "Origen de los tiempos" salvaría a toda la humanidad. En caso que llegaran a comprenderlo. Me resultó algo utópico, pero estoy convencido de que un cambio sustancial se lograría, si toda la humanidad captara el *Beethoven* de la música de cámara.

–Existen raras y extrañas coincidencias. Dudé en poner esta obra y al final lo hice. Quién sabe qué hadas maravillosas me impulsaron; se creó así una comunión con usted en las redes mágicas de los cuartetos de cuerdas –intenté ganar tiempo para mi concierto, y comenté lo convincente que resultan los miembros del "Cuarteto Italiano" en *Beethoven.* Se creía que solo los alemanes podrían llegar a este núcleo portentoso del arte. El cuarteto –añado– en especial el de cuerdas, está considerado lo más complejo de la interpretación; más aún, de la composición; y requiere seres muy sensibles. Inteligentes. Espirituales, como usted, para entenderlos. Aura se sonrojó, leve y tímida, mientras saca un pañuelo, negro, bordado, fino, y limpia con delicadeza extrema los párpados.

–Me maravilla que sepa usted tanto a su edad, y agradezco las lecciones. Pero no se me escapa. Es su turno. Por favor, al piano –en mi portapapeles llevo la partitura de una sonata de *Mozart*, que estudio desde meses. La tenía, como decían los pianistas, casi en dedos. Avancé a satisfacción hasta el final de las variaciones de la obra "a la Turca" de repente tengo la necesidad de mostrarle una de mis improvisaciones. Aura está recostada de lado, la cabeza sobre un cojín, los ojos cerrados. No reaccionó cuando yo inicié muy lento a improvisar. Experimenté una rara comunicación que me incitó de una manera especial. Tocó con gran sensibilidad, con los nervios tensos, sentía cada melodía en el pecho, que se oprimía. Hice luego un movimiento virtuoso, rápido. Vigoroso. Concluyó con el espíritu inicial.Si me pregunta de quién es esta obra, diré cualquier nombre. Inventaré un compositor. No puedo confesar que es mía. Permanece un lapso en silencio "Me he jugado mis únicos honorarios, y he perdido. Va despedirme, debe haberle parecido horrible. Execrable. Monstruoso, moderno. Peor aún, disonante, sin forma o contenido.
Aura se levantó, y recoje su amplia falda, de seda, para dejar al descubierto unos pies pequeños. Femeninos, como los de una *geisha* niña. Caminó por el cuarto mirando por la ventana a los cerros que a esa hora comenzaban a sombrear de oro la

sabana. Sus vestiduras pendulean compasadas por el cuerpo de diosa, aspiré un nuevo perfume de una fragancia suave, se corresponde con el negro danzante de sus ropajes. También, con su fisonomía, a la que añade una mayor melancolía con su sentimiento extremo. Permanecí, como un reo sentado en el banquillo giratorio frente al viejo "Rachals", piano que no me convencía. Me disponía, a liar bártulos y a salir disparado para no regresar jamás. De repente se acercó y clavó su mirada de esmeralda, fija, decidida, sobre la mía.

–La interpretación de Mozart es convincente. Musical. Sensible. Me encantó. Pero es un peligro para usted, podría dedicarse a interpretar obras de otros y dejar que lo suyo se pierda en el trasfondo de esa creatividad excepcional. De esa sensibilidad a flor de piel. Su sonoridad es maravillosa, recuerda a Debussy, pero tiene una construcción melódica más definida. Estoy segura de que logrará su estilo propio, que ya se trasluce: fuerza. Vigor. Música y dialogo interior. Emanan los dos polos de toda personalidad. Bravo. Mil veces bravo –luego me tomó de las manos y las batió en el aire.
–No deje que nada ni nadie se interponga.
Estoy sorprendido, anonadado, jamás me habían hecho elogios tan generosos –gracias, muy agradecido –musité tímido.

–Ahora tiene que perdonarme dos pecados; uno, estoy algo indispuesta. Lamento que no tomemos

el té. Además, pronto regresará mi marido. El otro, hoy olvidé sacar dinero del banco. Le cancelaré la próxima vez.

–¿Cómo puede usted imaginar que voy a cobrar por una tarde tan extraordinaria? Nunca la olvidaré.

Y ella añadio, con voz sensible:
–Si le pagara todo lo que recibí, esta vivencia tan maravillosa, ningún dinero sería suficiente.

*L*as clases se producían con exactitud
matemática. Los alumnos me desesperaban,
su capacidad musical era nula, carecían
de interés y de concentración. Les hacía tocar
ejercicios, mecánicos, que realizaban con la pereza
innata que estos conllevan. Escalas, ascendentes
y descendentes, insistiendo en que el pulgar debía
realizar su paso por debajo, sin causar diferencia
con el resto de los dedos. Aura cambiaba día a día,
no sólo en su manera de vestir, de un gusto extremo,
pero en especial en su actitud, siempre diversa. Me
maravillaba las expresiones que manifestaba, de una
rara vida interior. Por lo general, cocía, filigranas,
en materiales maravillosos. Mórbidos. Suaves. Que
ubicaba con paciencia en los dos círculos de madera.
Luego, las guardaba, como un tesoro, en un
costurero mediano. *Bull.* Precioso, retocado con
figuras brillantes, en el metal para mi más valioso,
el oro.

Muchas veces leía. Podía descubrir como afectaban
los textos su sensibilidad. Parecía etérea y volátil. Se

secaba lágrimas que amenazaban con un llanto más copioso cuando leía a *Baudelaire.* Su concentración en *Proust,* mostraba unos ojos atentos, el seño casi fruncido y de repente elevaba la mirada, como si la poesía de algún párrafo, impeliera esos ojos verdes a paraísos inusitados. El té era un ritual inalterable. Yo lo esperaba como un maná divino que cayera de cielos de todas las religiones. Era una frase mágica cuando decía: –niños, para la clase próxima no olviden las escalas mayores. La sonatina en do de *Clementi* y el Minueto de *Beethoven.* Salían disparados al parque y Aura se elevaba de su silla, en una levitación sobrenatural, olvidando los libros o la costura, de inmediato, Brunilda, ingresaba una mesa de ruedas plena de bizcochitos, té, tostadas y sándwiches. Comencé a notarle esa mirada femenina de complacencia y compinchería. También, aparecía de improviso, sin motivo, para preguntar si faltaba agua, té o más viandas. Momentos en que Aura me leía alguna parte de "La Busca del Tiempo Perdido" La muerte de la abuela, los famosos campanarios de *Martinville.*

–Adoro a *Proust.* Tiene una sensibilidad que sólo puede considerarse femenina, pero esa la tenemos todas –reía coqueta intentando algo de paroxismo, mientras echaba la cabeza atrás y expandía su cabellera –lo importante es la mezcla con lo masculino y poder plasmar eso en el arte. Estoy convencida, que esa proporción, en dosis, equilibrada, es lo que crea el arte. Por ejemplo, eso ocurre en usted cuando improvisa –me sentía alagado de ser comparado con alguien como *Proust,* pero muy molesto de los atributos poco machos que señalaba en mi personalidad. Ella, quizás, captó, y añadió:

—La verdadera feminidad va de la mano con auténtica masculinidad. Eso es lo que amamos las mujeres en los hombres, los verdaderos —me miró condescendiente. Comprensiva, maternal. Sonriente.

—Me encanta una parte en especial de esa obra monumental, cuando el narrador va en un coche tirado por caballos y divisa tres árboles. Su acompañante es *Madame* de Villeparisis —hice una pausa, pues me emocionaba el párrafo, para tomar agua —esos árboles prometen develarle el sentido de su existencia, en sus hojas frondosas se esconde el misterio. Avanzan y el discurso de la foresta no se produce. *Proust,* narra con maestría, los nervios, el estrés, que le ocasiona observar que pronto dejarán los tres árboles y estos no le habrán descubierto nada. Su existencia permanecerá en la incógnita —sentí que estaba más rojo que un tomate y ella me tomó la mano oprimiéndola —no me diga que ama usted esa parte, es una de mis predilectas. Estuve en las casas de *Proust* en París y en *Illiers,* de allí salió *Combray.* Algún día con tiempo le comentaré mis experiencias trascendentales en esos lugares de fábula. Claro que tuve que escaparme de mi marido, quien por fortuna tenía quehaceres en otras direcciones. Él ignora los nombres de *Bach, Miguel Ángel* y puede pensar que *Proust* es la última adquisición del *Saint Germain.* Un hombre pragmático y práctico. Lo envidio. Era obvio que no entendía, cómo envidiaba a ese ser burdo; qué se hubiera casado con él y más aún; qué continuara su vida en su compañía. Con esa carencia de intuición, pero compensada con cierta desfachatez de la juventud, casi se lo pregunto. Mientras crecía la admiración por esa mujer de características imponentes –mitificadas por mi fantasía– en contraposición, creaba una imagen tremebunda, tétrica, de su cónyuge.

Un día llegue con algo de anticipo a la clase y el apartamento tenía como única habitante a la negra, quien me advirtió: La Sra. y los niños, vendrán con algo de retraso. Rechacé las bebidas y café, para no disturbar la merienda, la criada se instaló junto a la puerta de la cocina a la que masajeó durante un buen lapso, mientras me contaba infidencias de esa relación marital. Mis suposiciones eran ciertas –dado caso que la imaginación femenina, no exagerara– el hombre la maltrataba, física, y mentalmente. Era el polo opuesto, insensible, brutal, gritón, inculto, los corría, a ella y niños, con un látigo por cualquier cosa. Además, de esas cualidades tan negativas, poseía muchas otras, también; en saldo en rojo que se apresuró en narrarme. Ya estaba molesto y preocupado por Aura, me afloraba con fuerza el espíritu caballeresco, quijotesco y sentía que debía protegerla. Con un gran sinsabor y desagrado, dejé un recado.
–reemplazaré la clase otro día –y luego a pesar de sentirme muy entrometido y curioso pregunté: ¿Qué hace Don Bernardo?

–Es político, Senador o Ministro. Vienen en carro oficial, lo trae Elberto, el chofer, que es muy buen mozo con gorra y uniforme. Le doy cerveza y comida. –incitado por la narración tejí toda una red alrededor de la vida de esa muchacha –era todavía muy joven– la habían obligado a casarse con un hombre mayor. La morocha sostenía que le llevaba por lo menos veinte años. Personaje, rico, poderoso, que le garantizaba un futuro promisorio de riquezas, viajes, comodidades; pero a cambio, tenía que vivir con un ser que desconocía cualquier finura; y mucho menos, una pizca de amor.

Una tarde, cuando luchaba con unos ejercicios incomprensibles de álgebra, recibí una llamada de Aura, deseaba cambiar la clase, su motivo, tenía una fiesta en casa. Celebraba su cumpleaños. "Lo invitaría pero son muy diferentes a usted, aburridos, invitados predecibles, epidérmicos" Estuve a punto de decirle que luego celebraríamos juntos. De repente comprendí, estaba sobrepasando los límites, podría molestarse. Saber que estaba de onomástico me creó grandes conflictos, por una parte deseaba regalarle algo; también, consideraba que debía llamarla para felicitarla. Celebrar el milagroso día en que había venido al mundo un ser de semejantes quilates. A partir de ese momento, todos mis pensamientos estuvieron embargados por esas dos inquietudes. Se convertían en una obsesión. No tenía dinero suficiente para comprarle algo que considerara digno. Consulté.

—Lo que importa es el detalle. Eso es lo que cuenta y vale; además, si me permites mi opinión, eres el maestro de sus hijos, no estás obligado.

La felicitación podría esperar hasta mi próxima visita, pero me preocupaba que ella resintiera mi falta de detalles. Se me ocurrió seguirla en su paseo matutino, felicitarla, y luego darle un regalo ¿Pero qué? Solucionado uno de los problemas, el otro parecía dimensionarse con proporciones gigantescas. Recorrí los almacenes, las diademas, los anillos, estaban fuera del ámbito de mis posibilidades económicas. Algo menor, resultaba desproporcionado ante la magnitud de esa fémina sobrenatural. ¿Y unas flores? Gustavo, amigo íntimo y confidente, se manifestó sorprendido.

–Eso es muy comprometedor. Implica un ligamen sentimental, que imagino no existe. ¿O...?

Hice ademanes y gestos negativos que no pude comprobar si mi amigo, de una inteligencia superior, con gran sensibilidad, los creyera. De enorme prestigio, pues había leído libros que a todos nos parecían de un mundo inalcanzable por su profundidad intelectual: *Tomas Mann, Camus, Gide, Sartre.* Ingenuos sospechábamos un futuro portentoso para nuestro compañero, Presidente de la República, o por lo menos Ministro, Embajador o director de compañías multinacionales.

–Mira, el tal Bernardo, es un político influyente. Poderoso. Desalmado. No se intimida ante nada. Su carrera ha sido meteórica, se supone que llegará a la Primera Magistratura. Se habla, eso sí, de sus negociados que le han proporcionado una fortuna imponente. Inconmensurable. Desmesurada.

—Querido amigo, tú que sabes todo, y algo más ¿Conoces a la familia de su mujer?

—No te metas. Enséñales el solfeo, las aburridas escalas y los detestables ejercicios de *Czerny*. Cobra y basta. Ese es un tío de muy malas pulgas, capaz de todo.

—Estás fantaseando, sólo me mueve la curiosidad.

—Permanecerás en ella, no seré tu cómplice en un asunto tan pueril —Gustavo casi no se despide cuando abordó un vetusto vehículo, destartalado e incomodo rumbo a su casa. De pronto tuve ante mí la solución, ¿Cómo no se me había ocurrido antes? Le regalaría la medalla que me habían dado por mi actuación en el campeonato de fútbol. La entronaría en un estuche, con fondo de terciopelo azul, una rosa, y un paquete adornado. Estaba decidido. Mi situación en el colegio era compleja, el padre Sergio, Rector, me había llamado a su despacho. Descontento de mis notas y repetidas ausencias inexplicables. Amenazaba con contar a mis padres los resultados mediocres, inconcebibles por mis capacidades y hazañas anteriores. Las faltas al instituto se debían a que seguía a distancia los paseos matutinos de Aura. Se dificultaba la felicitación, pues una nueva ausencia, me pondría en dificultades con las directivas y por ende con el hogar paterno; pero no veía otra alternativa. Esos paseos matutinos, a los que asistía Aura con una regularidad germánica, se constituían en un concierto de sensaciones. La naturaleza impelida por su figura, renacía. Unas bandadas de pájaros multiformes y colorísticos saludaban el día que se abría para recibirla. Esa foresta, de ciudad, calmada y de cámara, respondía en ecos al piar desorquestado, informe y caprichoso de los volantes. La nervadura, de los arbustos, despertaba al paso de esa savia; las hojas y el ramaje, respondían con asonancias.

La bruma, cincela, ese cosmos minúsculo, y crea un cortinaje del misterio. Se expande a medida que la diosa avanza por la neblina. Caminaba, suave, rítmica, queda, consciente de su escultura. Sabe que debe cuidar ese mármol viviente y cambia con una sapiencia inusitada –única y sabia– día a día, los ropajes que resaltan y promueven su belleza.
Maravilla, las mutabilidades del ropaje que se convierte en fuente y fin de un arte desconocido, insólito, pasmoso. La relación y concordancia con el alma de ese cuerpo. Cada detalle es analizado y lo realiza con el esmero, dedicación y paciencia de un pintor renacentista holandés. La flor, que acaricia su seno; bordea y abraza su cuello fino, espigado, sensible; la pulsera, tintinea sones que acompañan los reflejos del rocío. Una variabilidad inconmensurable de faldas y vestidos, de extensiones, colores y diseños inimaginables. Todos, con un objetivo, rozar esas extremidades con finura, impulsar su feminidad. Sensibilizar la epidermis nerviosa. Esculpir y modelar ese cuerpo con material de la ensoñación. El cabello es la escenificación última. Concuerda con las fluctuaciones del tiempo; comulga con los coloridos

cambiantes y caprichosos de los ramajes. Unas veces, de lado, recogido; otras, atrás para realzar su rostro. También, abierto y esponjado, sirve de cortina para ocultar las facciones, que parecen realizadas por "*Fra Angélico*" y que esconde, para vivirlas en sus entrañas. Dentro, muy al fondo de su existencia donde no desea ser disturbada. Observada. Importunada.

Me obnubilaba su presencia.
Muchas veces dudé en acercarme. Avanzaba un paso y me detenía paralizado. Con el regalo en la mano. Percibí dos impulsos simultáneos y terribles, acercarme, tomarle las manos y darle el presente; y por la otra, salir corriendo y olvidarme de ella, de las clases y los niños. Pasaba el tiempo, y el paseo iba concluir, tendría que decidirme. Respiré hondo y me le acerqué. Pareció no reconocerme. Estaba especialmente bella.
–¿Qué hace aquí tan temprano? es una gran sorpresa. ¡También pasea? para mí este nacimiento de los seres y la naturaleza es un maná que impulsa la existencia –sonrió a medias, recoje un poco el lado derecho de su fisonomía.

–He venido a felicitarla. Le he traído este regalo. El único valor que tiene –hubiera deseado darle algo mil veces mejor– es que lo gané con mucho esfuerzo –partí apresurando, a toda prisa, antes que Aura tuviera tiempo de decir nada.

Durante todo ese día, y los siguientes, los sentimientos fueron encontrados. Me vivía como un imbécil.

Majadero. Tenía el convencimiento de haber hecho el mayor oso de mi existencia. Pero, por otra parte, tenía una inmensa satisfacción, pues era la primera vez que me atrevía a demostrar lo que sentía. Muy ingenuo, supuse, que Aura llamaría a darme las gracias. Esperé en vano, corriendo cada vez que sonaba el teléfono. Me enfrentaba a un nuevo problema, asistir a las clases de piano y observar la reacción ante mi atrevimiento. Las semanas siguientes los niños tocaron solitarios, su madre no volvió a sentarse frente a mí, cociendo, tejiendo o leyendo, esos poemas fantásticos. Tampoco parecía estar en casa, y una puerta, que sabía de su alcoba, permanecía cerrada. Brunilda me pagaba en silencio y no me atreví a suspender esas lecciones inútiles; menos, a preguntar por el ama de casa.

L a ausencia de Aura impedía que yo le hablara del estado en que se encontraban sus hijos con relación a la música y la imposibilidad de un futuro artístico. Traté el tema con mi maestro, fue claro y enfático:

—La mayoría de los alumnos jamás llegarán a un nivel profesional. Un instrumento plantea dificultades enormes que no todos, ni siempre, se pueden coronar. Pero para la totalidad, sin excepción, se abre un panorama maravilloso. Un mundo excepcional de sensibilidad y arte. Es una puerta al mundo del sonido.

—Debo especificarles que su nivel permanecerá en un punto bajo. Que no existen posibilidades de maestría, de virtuosismo.

—Es peligroso. Implica un gran riesgo. Pueden abandonar. Además, lo sé por experiencia, eso nunca se sabe. Hay alumnos que de repente hacen fabulosos progresos, inusitados, inesperados. Que sobrepasan todas las expectativas.

–Sí, capto, sin duda se logra mejorar el nivel intelectual y las perspectivas frente al arte. ¿Pero eso depende de mí?

–En gran parte. El estudiante capta y recibe esas emanaciones. Los raros efluvios que van de un espíritu a otro, las transmisiones subconscientes que, según algunos analistas, historiadores, produjeron los grandes movimientos culturales en lugares puntuales. Atenas. Florencia. Viena.

–¿Un flujo de genes?
–Sin duda. Si tu maestro de piano fuera *Clementi* o *Lechetinsky*, y tu profesor de teoría *Bach* o *Haendel* –y no este humilde suizo– el resultado sería muy superior? –rió con gana y yo celebré su sentido del humor. Me tranquilizaba respecto a un tópico que me preocupaba, hacía días que deseaba tratarlo con la madre de mis alumnos. Me resultaba ante ético, poco decoroso, cobrar por lecciones que parecían inútiles. Me calmé después de la conversación con el profesor *Alytion*, de un cantón olvidado de la confederación helvética, graduado con honores en el Conservatorio de *Friburgo,* y con una carrera trunca, por un accidente en su mano derecha. Las semanas siguientes me esmeré en las clases y percibí algunos vestigios de progresos, en especial en la niña que poseía, en grado opaco, las virtudes de su progenitora. Eso me animó.
La situación era la misma. Aura había desaparecido y eso me hacía más culpable frente a mí mismo. Era

un desafuero, un terrible desatino, una osadía sin nombre, haberle regalado la medalla. Eso constituía un acercamiento emocional y afectivo. Comprendía muy bien, me lo había hecho entender con su silencio, no me había dado pie. Era una mujer casada, con un hogar, hijos, obligaciones. Otras reflexiones me contradecían, sólo pretendía felicitarla. Manifestar mi aprecio y admiración, no más. Quizás, la que había comprendido mal mi actitud, era ella.

Con una extraña vocación a la obsesión, repetía constante en mi mente los argumentos, en pro y en contra. Pasaba frecuentes noches en vela, fumando de manera convulsiva y desmedida o mirando al techo, el lugar confidente de mis lucubraciones. No me sorprendí cuando un día mi padre, a la hora del almuerzo, refunfuñante y regañón, me advirtió de que había sido llamado al colegio, pues el rendimiento era inferior a nulo. Di explicaciones confusas, poco convincentes. Como si fuera poco la ultima clase con *Alytion* había sido una absoluta catástrofe, *Mozart* no sobrevivió a una lectura deficiente, poca técnica e inseguridad. El regaño, compasado con fuertes golpes sobre el maderaje del piano, retumbó en mis oídos durante horas. Mucho después que el iracundo maestro salió de mi casa. Descendiente de sátrapas de la enseñanza, dictadores inflexibles, no dudaba en utilizar esa herencia para destrozarme cuando lo consideraba necesario.
Las lecciones donde Aura transcurrían sin variabilidad. La morocha parecía poseída del mismo espíritu imperante en la residencia, saludaba,

preguntaba sí deseaba algo. Se ocultaba en la cocina, silenciosa, sin reír o musitar palabra. Luego orquestaba un estruendo de ollas, cubiertos, platos que lavaba sonora y bulliciosa. Varias veces tuve que pedirle lapsos de silencio. En vano. Al final, pagaba y cerraba la puerta con un sonido incongruente a manera de despedida. Me había habituado a esa situación, imaginé que jamás vería a Aura de nuevo. Arreglé poco a poco mi disciplina, sin que la obsesión se ahuyentara del todo. Mis calificaciones tranquilizaron a mi padre; y un Mozart, pulido, musical, fluido y perfecto, calmó el ánimo huracanado del profesor suizo. Sin embargo, una tarde al llegar a clase, cuando esperaba me abriera Brunilda, como una aparición de olimpos maravillosos, ocultos, inusitados, guarecidos desde siempre, en el trasfondo de los tiempos, que dejaran salir por accidente a una de sus habitantes. Aura, estaba frente a mí. Deslumbrante, con una falda, larga de flores azules, al final de manera artística salían unos encajes plenos de filigrana y de feminismos. Al costado, un lado abierto para dejar paso a la extremidad. Había colocado un clavel muy rojo en su cabello, que en otra mujer hubiera dejado entrever cursilería; en ella, por el contrario, constituía un toque mágico de fantasía.

Abrió la falda, sin saludarme, como bailarina agradeciendo los vítores y dijo muy risueña, con voz cantarina.

–¿Le gusta? es maravillosa la pintó para mí Andronelli. Me dejó decidir los colores y las escenografía floral,

cuando estuvo en esta ciudad. El diseño modístico, es mi máxima creación. La gran vocación que hubiera deseado plasmar.

–Creo que todo lo que usted lleva está impregnado de un halo muy especial, indescifrable, alucinante, quimérico. No sólo esa creación suya –de inmediato me arrepentí de caer de nuevo en las redes de la imprudencia.

–La amabilidad, que a veces raya en la lisonja, algo mentirosa, es una característica de su personalidad. Gracias –iba a responder, pero me decidí por el silencio.

–Tiene una nueva alumna. Voy a recordar, guiada por sus aladas manos, su alma etérea –rio con gana. Abierta. Franca –le encantaba parodiar lo que creía a *Homero* –sí, voy a recorrer de nuevo las sendas del Egeo musical, olvidado desde mi niñez, con un lazarillo de sus quilates.

–¿Está segura de qué la aceptaré? –venciendo mi timidez resolví involucrarme en sus burlas; miré sus manos, –tendríamos que sacrificar esas uñas puntiagudas, cúspide de sus manos, finas. Alargadas. Con las dimensiones actuales, jamás llegarían las yemas al teclado.
–Déjeme decidir hasta la próxima clase. Debo meditar sobre la nueva forma de mis uñas, para que concuerden con los colores, los matices de los vestidos –los niños estaban en una fiesta infantil, así que Brunilda trajo de nuevo el té y las viandas.

Nos sentamos y descubrí una nueva dimensión, el silencio. Pasamos casi todo el tiempo sin pronunciar palabra alguna. Era de alguna forma, la manera de disculpar su ausencia. Me sentía enclavado allí. Era imposible marcharme. No podía romper esa comunicación, jamás la había percibido tan próxima. Era una rara comunión. Desde el momento en que comprendí la música de *Bach*, nunca había experimentado una emoción similar. Aura observaba el vacío con ojos ausentes, soñadores, brillantes, a medio abrir. Estática. Con una parálisis especial. Sus manos quedas, sobre la falda. Permanecía inamovible. Estática. Inmóvil. Ya era de noche, de repente salió y regresó con el estuche en el que le había llevado la medalla.

–Agradecí en extremo este regalo, pero la verdad, y debe comprender, no puedo aceptar. Es muy precioso para usted, debe conservarlo –estiró el estuche. Necesité de todas mis fuerzas y un lapso de preparación para responderle.
–No voy a recibirlo. Es más, si insiste, no regresaré a las clases. No puede estar en mejores manos –Aura sonrió introvertida, levantó su falda, las flores se expandieron agigantándose y reduciendo su colorido; con ritmo balletístico caminó en dirección a la puerta. La abrió.

–Gracias –dijo con inflexión melódica, profunda, lenta, en *"Moderato Cantabile"*. Salí en estado de ensoñación, que la vida, ninguna vez, en mis viajes, en los muchos amores, las grandes experiencias, jamás me retornó.

Escuchaba con enorme tedio, apatía y abulia un Minueto de Bach en que Jairo repetía constante y reiterativo un error. Así que le decía, con voz fuerte, incisiva, penetrante cada vez que lo hacía; no es fa natural, toca sostenido. Comenzaba, y al llegar al mismo lugar, lo cometía de nuevo. Era la desesperación. Aura dejó su tejido y se acercó, concéntrate, dijo y le acarició la cabeza. Luego me sonrió antes de marchar rumbo al baño. Escuché la puerta de entrada. Apareció bullicioso y gritón el dueño de casa. Pude al fin conocerlo, hombre entrado en años y muchas carnes, barrigón, de rostro vulgar. Labios, abotagados, salientes, ojos inflamados, que miraban fieros de lado. Envuelto en un traje de líneas verticales, corriente, descuidado. Con chaleco, en el que sobresalía una leontina de oro, que acrecentaba su vientre.

—¿Qué hace usted aquí en mi casa? —preguntó alevoso y grosero, sin saludar.
—Soy el maestro de piano de sus hijos —intenté pronunciar mi nombre a manera de presentación,

pero me lo impidieron sus gritos llamando a Aura. La mujer apareció demudada y temerosa.

–No te esperaba a esta hora, cariño.
–Es bueno aparecer de improviso, así me entero de lo que se hace en mi casa, con mi dinero –tomé la partitura y decidí abandonar el recinto. Temía,sin embargo, dejarla sola con su esposo.

–¿En qué Bar toca? pianistas sólo he visto en esos lugares, acompañando mujeres de poca vida y de precio –de inmediato comprendí que ese hombre jamás entendería nada respecto al arte. No valía la pena contestar.

–¿Eso es lo qué deseas para tus hijos? Que terminen en un antro nocturno tocando para las putas. ¡No!¡No! por favor, algo de cordura –mientras decía esto golpeaba fuerte y macizo la mesa del comedor. Era un energúmeno, llamó a Jairo, que intentó calmarlo con un beso, pero antes que pudiera realizarlo, recibió un bofetón.

–Te confabulas con tu madre. Nunca me contaste que recibieras clases –el niño sangraba en medio de llantos y gritos. Aura estaba demudada con lágrimas en los ojos. El marido sacó un billete, me lo estiró.

–Ahí tiene sus honorarios y lárguese para siempre. Mañana regalo esa porquería de instrumento.
–No me debe nada, aquí tiene su dinero.

—A mí no me ofende. lo acepta o se lo hago recibir —
llamó a un gigantesco guarda espaldas.
—Llévelo abajo. Cerciórese que se marche —luego tiró
la puerta. Sus alaridos continuaban escuchándose en
el corredor. La espera y el recorrido hasta el primer piso
fueron prolongados y desagradables. El gigantón era muy
bruto. Parecía estar acostumbrado a esas escenas, sólo dijo:

—El Senador tomó mucho anoche —comprendí
que intentaba disculparlo. Hice un gesto con la
mano antes de asumir la calle. Chubasqueaba, el
ambiente gris delineado por esa llovizna trazada con
esmero por los elementos, creaba una abulia y una
melancolía inconmensurable. Los cerros de la ciudad,
que bordeaban y definían una sabana maravillosa,
extendida, plana, lisa con una superficie dócil,
estaban sumergidos en esa escenografía de calima.
Brizna. Nubosidad. Poco a poco comprendí la nueva
realidad, no más clases. Grave, para mi presupuesto
reducido; pero mucho más complicado, el dejar a
Aura para siempre. Tenía una fuerte opresión en
el pecho y muchos deseos de llorar. Aún no podía
digerir la trama terrible a la que había asistido. No
encontraba forma de expresarme el horror en que
vivía ese ser fuera de serie. Tuve sentimientos en
contrapunto, entremezclados, deseos de protegerla.
Pánico. Odio. También ganas de olvidar todo. De
escabullirme para siempre. Busqué a mi confidente,
Gustavo, no vivía lejos. Caminamos un trecho, la
lluvia había cesado dando paso a una noche que
amenazaba con ser amplia, lúcida, luminosa azul

y transparente. Mi amigo jugaba siempre con un llavero que lanzaba al aire.

–La verdad, creo que has tenido suerte. De ese caballero se tejen las más temibles habladurías y consejas. Dicen que es capaz de todo, menos de algo bueno. Me parece que te has librado de una terrible. *Schluss. End. Finito. Terminé.* Final. Olvídate de tu Aura, es como los *Rolls-Royce*, son extraordinarios, pero no son para uno –luego me miró agradable y comunicativo.

–Vamos por un helado.
Mientras lo comíamos hizo gala de su humor.

–Genoveva del Toboso, presa de un horrible Barba Azul, que serrucha a sus múltiples esposas por las noches. Un Quijote, compositor, y redentor de viudas y de esposas oprimidas, ingresa sigiloso, en una noche draculesca, fría, gélida, horripilante y medrosa, al castillo, donde gimen gatos encadenados. Se bate con Barba y lo vence para descubrir, con horror que su heroína del Toboso, está descuartizada. Toma su rucio Rocinante y galopa por esos riscos escarpados, concibe la sinfonía del horror. El estreno es en unas cuevas llenas de brujas, hay un solo para ollas y fuego...

–Detente –le grité– ten compasión. Eres un absoluto cabrón.

Aura se diluía con la imposición de la ausencia y del tiempo. El recuerdo se sobreponía a la realidad del estudiante bajo la disciplina del colegio, la exigencia de los deportes y la vida de un joven. Fiestas y compañeras intentaban con su presencia disolver el impacto que había producido en mi existencia la figura de esa mujer privilegiada. Imaginé que jamás la vería de nuevo. Dos o tres veces me atreví a observarla en sus paseos matutinos, pero descubrí a cierta distancia, al guarda espaldas que la seguía como un can Cerbero. Adusto. Fiero. Amenazante. La mujer parecía ignorarlo y concedía esos conciertos balletísticos de sus movimientos que compasaba con ese andar rítmico. Mórbido en conjunción con los cambios colorísticos o atmosféricos. Tal cual si fuera una actriz de una escenografía griega, de un drama recién descubierto, que vibrara ante el piar inesperado, altisonante, de un ave; o reaccionara ante el impacto de una flor con sus colores, y vibrara así, su rostro raptado por el viento. Su presencia, adquiría mayor vigor, cuando se ausentaba, el eco de su figura, la remembranza de ese pasado inmediato impelía los elementos en el aire, en una sinfonía inusitada, en que *la instrumentación irradiaba perfumes, colores, sombras, iridiscencias, y claroscuros.*

Esa orquestación del ensueño, me laceraba, penetraba afilada y cortante en mí ser. Comprendía, con resignación y dolor, que quizás jamás la vería de nuevo, había desaparecido para siempre y que si lograba encontrarla, un cerco amurallado se interpondría. Los sueños, con sus imágenes cambiantes, inusitadas, voltarias, me la traían con su vestuario de pitonisa. Sabia y maravillosa. frente a océanos impensados e inexistentes, elaborados por la entelequia onírica. O estilizada y brumosa delante de un navío en los fiordos guiando con sus campanas y campanadas, en música celestial, embarcaciones poderosas de vikingos. Escuchaba su voz, veía sus manos estiradas pidiendo ayuda, emitiendo consignas y frases incomprensibles, perdidas en el diapasón de un viento rebelde y gruñón. También, sentada bajó un sauce, triste, melancólica, vestida de negro, con su mirada perdida en un río fluido. De repente volteaba muy lenta su cabeza y observaba su entrañable abatimiento, las lágrimas que corrían por su rostro, oculto, y difuminado por un velo oscuro.
Despertaba al palco escénico de la noche y la oscuridad, matizada por una rendija con su luz raquítica, endeble, frágil, me dictaba una sentencia que repetía en voz gutural, ronca, cavernosa "Se deja de existir. La muerte vence al fin con su guadaña implacable, ingresamos al laberinto del Hades, cuando abandonamos la región de los sueños. También, en el

instante en que nadie te reconstruye en la madeja del recuerdo. En el momento en que yaces en el olvido"

Una noche en que me debatía en una redacción sobre la vida de Francisco de Asís, tarea impuesta por el Padre Profesor de religión, recibí una llamada de Aura. Disculpaba a su marido, un hombre maravilloso. La bondad hecha persona, de carácter suave, pero que cuando tomaba alcohol, era irascible, pendenciero y grosero. Me solicitaba olvidar el incidente y regresar de nuevo a las clases. No tuve tiempo de decidir, acepté de inmediato. La emoción me impedía pensar, permanecí en un estado de levitación pasmosa. No podía esperar los ocho días que faltaban para reiniciar. Suspendí la redacción sobre los milagros del "Poverello" con lo que me gané un cero y una reprimenda del iracundo sacerdote.

Al otro día, en el colegio, Gustavo, con cierta sorna y una sonrisa burlona, comentó:

–Tu Genoveva ha quedado como Penélope, solitaria en las torres de su castillo encantado. El terrible troglodita, Barba, parte en misión diplomática ante la ONU. Por representantes así, es que el país marcha como va –me hice el indiferente y no le participé de la decisión de regresar a dar lecciones de música a los hijos de Aura.
–Hoy se ha marchado en sus caballos alados rumbo al hemisferio nórdico –como quien no quiere la cosa, pregunté:

–Ah, ¿Y por cuánto tiempo es el nombramiento?

–Tu Penélope puede tejer chales y bufandas ilímites, que den la vuelta a la tierra varias veces. Por ahora, es indefinido, va y viene. Ha manifestado a la prensa que hace un sacrificio por nuestra Nación; ya quisiera yo poder hacerlos, con esa lubricación de viáticos y sueldo gigantesco en moneda muy dura.

El lujoso apartamento de Aura ubicado en el piso último del edificio, era muy amplio. Ciertas zonas me eran vedadas –imagino que también para el resto de visitas– el piano estaba en el vestíbulo de entrada y de lado podía observarse la inmensa sala, en el centro, una gigantesca chimenea dividía ese espacio del comedor. Con cuidado y esmero el ama de casa cuidaba del fuego que conservaba con sapiencia. Un embrujo especial emanaba de esas brasas, lo gozaba a lapsos irregulares en que se percibía el hechizo en su rostro, ausente, ocupado en lucubraciones, fantasías, ensueños. En ese lugar tomábamos a veces el té, en esos últimos meses –hacía ya más de tres que se reiniciaran las clases– permanecíamos, uno frente al otro, en silencio. Sin observarnos. Una que otra vez, me leía algún poema. Comentaba libros, películas, pero el mutismo había embargado nuestra relación. Era una comunión tácita en la que apreciaba un diálogo muy particular. Por momentos deseaba suspender esos instantes de ensoñación y partir de inmediato, pero era incapaz y cuando me levantaba, por alguna razón, a mirar a través de la ventana. Estirar mis extremidades entumidas, ella decía, casi a media voz, lenta, queda.

–Espere. Es temprano. Pronto vendrá el crepúsculo. Verlo, sola, me produce congoja, deseo compartir esa sonata de cámara que envuelve y tritura las sombras. Crea la noche con esa materia de sombras y penumbras –y así acontencia desde ese balcón privilegiado, frente a los cerros que se elevaban con las sombras expandiéndose como dinosaurios de tierra, el espectáculo del día a la noche, era impactante. El sol estaba de espaldas y reflejaba sus oros a las nubes que flotaban disformes, inconexas, caprichosas. La irradiación cedía, las negruras avanzaban como un cáncer, una mancha paulatina sobre el tapiz del aire. El astro rey retrotraía sus brazos como un pulpo moribundo y se escondía en las cuevas recónditas de su interioridad. Sonidos informes anunciaban el ingreso en escena de una luna, dividida; la noche, reina, aplicaba sus leyes y mandamientos. Me levantaba rumbo al interruptor de la luz, Aura resucitaba de ese paraíso, en el que impresionaba por un halo extraño de ensueño y protestaba por mí presunción, de evitar esa atmósfera de penumbra. Una noche, antes de irme me atreví a confesarle:
–Estoy en una duda terrible.
–Cuente. Lo escucho. ¿Qué ocurre?
–Tengo conflictos muy grandes, no sé si debo dedicarme a la música; o si por el contrario, mi vocación es la de escribir.

–Para que pueda darle alguna luz –en caso de que en verdad pudiera hacerlo– tendría que conocer algo de lo que ha escrito. Ya escuché su música; y un panorama de su potencial de compositor, es muy claro. Tiene enorme talento. Me subyuga su creación.

–Tengo un escrito conmigo, de una posible novela. Me permite leérselo. –el gesto al abrir sus manos, que rozaron el aire y dieron un reflejo de esculturas, me incitó a hacerlo.
le leí:

"MELICENT, La diosa.

El largo periplo de los dioses buscando refugio y un lugar apropiado para la creación del nuevo olimpo los llevó por todo el mediterráneo, lejos de sus islas del Egeo. Al fin decidieron de común acuerdo, por votación viva, permanecer en Dreida la isla idílica, misteriosa e inalcanzable. Pero a veces sentían curiosidad por saber que ocurría en el mundo de los hombres, acordaron que una de las divinidades regresara, viviera entre ellos y luego narrara como se producía la existencia de esos seres que habían olvidado y asesinado en su alma a los dioses. Los cantos de las gaviotas blancas anunciaron un himno de alegría indescriptible mientras partían dividiendo el cielo lúcido, cristalino. Iridiscente. Un grupo de delfines saludó al aire antes de seguir los túneles de las aguas. Era la aprobación de esa decisión divina que compartía el mar, con oleajes difusos llenos de coloridos diversos. *Estalactitas acuáticas bifurcaron las luces del cosmos marino. Llenaron una bolsa con los nombres de las divinidades y Apolo sacó una papeleta, era Eos, la favorecida. La dotaron de figura humana y la enviaron a un camino seductor, vecino a un río que creaba cascadas sonoras y andar calmo y melodioso. Estaba deslumbrante en la belleza. El caudal, envidioso de su perfección, –donaire, señorío y feminidad– se abstuvo de proyectar sus imágenes que adormeció en el fondo de sus entrañas.*

La mujer diosa en tierras de esos seres llevaría otro nombre, Melicent, fue escogido después de divagaciones estelares y cósmicas, y que la mente de Atenea concibió después de tres siglos de gestación. La belleza aumentó su caudal al pronunciarlo y Eos se ruborizó. El mármol, le prestó sus entrañas y el cielo, el celeste cristalino.

En su periplo, que parecía indefinible y eterno llegó a un puerto donde un extraño grupo esperaba.

Era una hora indefinida de la tarde. Momento indeterminado. Ninguna característica especial marcaba el paso inexorable del tiempo en esa sala de espera portuaria que se había convertido en escenario de la angustia y la desesperación. Aguardaba el guía que los llevara a cualquier navío rumbo al destino final de ese viaje algo extraño, enigmático, convertido en tenebroso por una espera ilimitada. De repente hay un silencio. Los transeúntes recientes y los ya consuetudinarios abandonan su abúlica espera y concentra su atención en algo misterioso. Del fondo del salón, junto a la puerta ha emergido una aparición. Todas las miradas, las que se concentraban en el reloj de un solo brazo, epiléptico e impredecible; los que jugaban con las cucharas en las tazas de café negro y horrible; los que se asían en sus pensamientos inconexos e inútiles; los criados con sus bandejas llenas de comestibles; los niños que olvidan sus juguetes inventados. Todos en el salón la observan. Con sus pasos regulados y dominados por unos tacones altos que resaltan y magnifican unas piernas de extraordinarias proporciones. Todo su cuerpo recto bamboleante ceñido por un eje central avanza por la sala. Es un organismo que trasciende. La belleza hecha forma. Le da aire al aire. Viento al viento. Brisa a la brisa. Anima al alma.

Va envuelta esa estructura del ensueño en esbozos que ella ha inventado. Diseñado. Sus telas las ha hecho pintar por manos mágicas de pintores de las divinidades. Pueden distinguirse, a pesar de su existencia sutil, sobre esos lienzos, pájaros inútiles y desconocidos; plantas irreales, absurdas, inexistentes, tropicales y multigámicas. Ecos de paraísos irreales. Predomina el color azul transparente que lo lleva por instantes a una lila. Cambiante con el curso de las luces.

Avanza etérea, con devenir que envidiaría la Venus de *Botticelli*, como si compartiera espacio y belleza con los habitantes del olimpo. Sus ropajes anchos dan aire acuático al espacio y moldean un ballet del movimiento. Los encajes, obra de arte florentino, *para ella y ella sola, rozan sus extremidades y le dan un goce y sensación privilegiada, sensual, sensible, táctil. Roce artístico de la epidermis. Es Melicent que ahora no sólo es diosa sino descendiente de las hadas. Hija y madre, además heredera de los nibelungos más antiguos. No corre en sus venas una gota de sangre impura. Todos los dioses de la mitología parecen haber confluido para crear su cuerpo maravilloso, sus senos erectos, puntiagudos y firmes, su rostro equidistante y perfecto. Su inocencia. Los ojos de azul griego, traslúcidos y puros como un cuarteto de Mozart, soñadores, ausentes, melancólicos, meditativos.*

Avanza y en su rumbo, las manos largas, delicadas, puntiagudas, marmóreas, rozan sus cabellos dorados. Protegidos por un sombrero alón que oculta ese despliegue de colorido émulo de un puñado de girasoles. Ya está frente a la mesa y da un beso a uno de los sorprendidos comensales. Dos, en cada lado del rostro a otro, que se sorprende aún más y luego al poeta ciego. Agradece sus poemas de penumbras y claros oscuros. Sus sendas misteriosas de planetas inexistentes y los periplos por incandescencias mortuorias. Desaparece de inmediato. Es material de la fantasía y de la quimera. Habitante de la irrealidad y del sueño. Aparición sonámbula de un recuerdo difuso. De su existencia, inusitada y fugaz, solo dan prueba las esculturas de su ser que repite el aire en el viento"

Creí percibir que Aura estaba visiblemente impactada con el escrito. Era muy probable, que con su poderosa intuición femenina captara, que era ella esa diosa. Que leyera entre líneas los miles de mensajes que lanzaba ese capítulo de mi novela. Sin decir palabra, arregló su vestido, levantó el rostro rumbo a los montes. En sus párpados, pretendí una mínima lágrima. Su aspecto taciturno y melancólico me impedía diseñar lo que pensaba del escrito. Imaginé, que quizás, le resultara indiferente. Lucubraciones y presunciones que nunca logré dilucidar, Jamás lo volví a ver después de esa noche. Una razón de mis alumnos, que recibí de mi madre, señalaba que las clases habían concluido. Viajaban por lapso indefinido a Nueva York. Nunca entendí que no se despidiera. Estaba destrozado. Apesadumbrado. Abatido.

El recuerdo de Aura se fue deshaciendo con el tiempo, con la lentitud que fenece una sombra gigante en un crepúsculo moribundo, que retraiga los rayos de un sol. Astro rey, que gire, pausado, parsimonioso, concéntrico, como un remolino de materia candente, rojiza, anaranjada, ocultándose en su propia esencia.La sombra pierde día a día, instante a segundo en el espacio; y avanza al origen. El lapso temporal se mueve con abulia, pereza, rengo, prolongando su molicie. A veces un sonido aislado, me recuerda la inflexión de su voz; una rama de arbustos cipreses, me diseña su melancolía; otras, el paso de alguna mujer, me inspira para recordar su figura reflejada en la penumbra. Imágenes discordes y difuminadas del sueño me amenazan con reconstruir su perfil. El roce suave de la seda renueva sus manos largas, puntiagudas, finas. La veo en el margen de un río; y yo desde la otra vera le grito. No escucha mi voz, ni el mensaje que pide la espera. Se pierde en el callejón difuso de árboles.

Aparece con menos frecuencia, el tiempo se confabula con el olvido. De mes en mes, luego en lapsos de medio año. *Se difumina, deslíe, diluye, en mares de neblina. En océanos de ventisqueros. Luego, sus apariciones son fugaces, voltarias, efímeras, apenas rozan mis pensamientos. Me convenzo que se ha marchado para siempre de mis memorias, que ha recobrado su faz de hada y que recorre senderos de fantasía en paraísos de la fábula. Supuse que jamás la volvería a encontrar en el alba de mis sueños.*

Quizás había desaparecido para siempre.

El ciclo se había extendido, me acercaba al último año de estudios, recuperaba trabajos y tareas. En un momento casi de madrugada suena insistente el teléfono. Mis padres no lo oyen, y casi sonámbulo, al fin, bajo al primer piso. "Que no sea grave o una equivocación" Es la voz de Gustavo. Pide perdón por la hora:

—Mira el periódico. Tu Aura está retratada en primera página. Es horrible. Esperemos que no sea un acto vandálico de Barba, que ha sido diseñado y construido, para ser un troglodita toda su existencia —su dejo es angustiado. Atropellado. Convulso.
—Avánzame algo ¿dime que pasa? —yo no entiendo nada. Aún duermo con el cerebro lleno de fórmulas, ecuaciones algebraicas, que no comprendía. Que mi mente se negaba a entender.

—Mejor espera al periódico. Prefiero no contarte nada. Encontrémonos para desayunar. Te invito.

Donde siempre, a las nueve. Un abrazo —me hice café, despacio, pensativo, temeroso, en ese momento los recuerdos de la madre de mis primeros alumnos se hicieron presentes. Escuché el ruido, tan esperado, del diario al rozar el borde de la puerta de entrada. Corrí como un enajenado. Lo tome. El encabezado de primera página era terrible.

ESPOSA DE DIPLOMÁTICO, ASESINADA EN CONFUSOS HECHOS.

Seguía la descripción pormenorizada de lo acontecido, se suponía que unos ladrones ingresaron en la casa, la golpearon de manera despiadada hasta producirle la muerte. Señalaban ciertas incongruencias. Nada había sido robado. El portero no vio entrar a nadie. Anotaba, que el marido llegó una hora antes, que no lo había visto ausentarse, aunque este sostenía que se encontraba en un supermercado vecino, pero nadie daba testimonio. La muchacha morocha, que encontró el cuerpo, insistía en que el amo de casa obligó a los niños a ausentarse y que también les exigió ir a visitar a su tía, habitante del lejano sur.

El periódico desplegó todo un espacio en el interior, con fotos macabras. Aura en medio de un charco de sangre, extendida, con un vestido amarillo, amplio, su cabellera dispersa. Era una escenografía del horror. Luego, daban, una amplia biografía del marido, señalando las posiciones que ocupara a lo largo de su carrera burocrática y política. Terminaban con un párrafo muy significativo: "Nos hacemos partícipes de esta tragedia, que consideramos como nuestra, y acompañamos al gran hombre, al político brillante, al excelente Embajador y Diplomático. A él, y los suyos, nuestros sentimientos de condolencia"

Quedé clavado en el piso como un zombi. En ese instante entró mi padre, quien dormía mal, desvelaba y cualquier alteración o ruido lo despertaba. Sin saludar le mostré el cotidiano.

—Es espantoso. Horrible. Monstruoso. Pobre Bernardo, ¡qué tragedia! Podría tratarse de una venganza política es un hombre muy controvertido.

—¿Lo conoces?
—Le he visto una o dos veces. No es mi amigo, pero tenemos muchos en común. Lo señalan por corrupción, pero no me consta. ¿Qué tenga algo qué ver con ese crimen...? me parece improbable. No es su perfil.

—Hay aspectos confusos. Existe en el edificio un control televisado. El portero vigila todo, entré y salí mil veces, y esas tantas, sin excepción, me solicitó documentos, papeles firmados con la hora de llegada y salida. Es inamovible. Nada lo saca de su puesto. Siempre hay un guarda espaldas que controla toda la familia, en apariencia, ese día estaba de vacaciones. Además, los niños permanecieron fuera; la muchacha del servicio, también. El único que ingreso, y dice que salió, es el siniestro marido.

–Primero, no te disfraces de detective. Segundo –lo más protuberante e importante– no lances juicios temerarios. No puedes señalar de asesino a un Procer de la Patria; eso, además de irreflexivo, es peligroso.

–Claro, hay que callar todo. Ocultar. Tapar. Encubrir.

–¿Dónde estabas esa tarde a esa hora? Es posible que de repente te hagan preguntas. Al fin y al cabo eras asiduo a la residencia.

–Hace más de tres años que no piso su apartamento, y para tranquilidad de todos, estaba con Marie preparando los exámenes. Ella miró muchas veces el reloj, intentaba darme celos con un joven que estudia enfermería. Amenazó y fantaseó insistiendo sobre una supuesta cita, que no funcionó. Salí de su casa pasadas las once de la noche. El crimen ocurrió a eso de las siete P. M. el cadáver fue encontrado media hora después.
Mientras me duchaba,anonadado, regresaron todos esos años de ausencia que confluían en un extraño contrapunto de imágenes, recuerdos, remembranzas. Creaban en mí un terrible sentimiento de culpa. La había dejado a su propia suerte. Jamás hice esfuerzo alguno por verla, aprovechando la ausencia de seres

que pudieran increpar por mi falta de machismo, lloré desconsolado. Dolorido. Afligido, como un náufrago que descubre que las islas de salvación, allí frente, plenas de vegetación, agua y alimentos, son sólo un espejismo.

Recordé un verso de *Rilke*, al que yo señalé perenne su sin sentido, "*Gibt jeder sein eigenes tod*" da a cada uno su propia muerte.Comprendí. La muerte que de alguna manera meciéramos. Idéntica a nosotros mismos, en conjunción perfecta con nuestro ser, con la vida que hubiéramos llevado. ¿Cómo era posible qué la guadaña segara de esa forma tan monstruosa una existencia extraordinaria y maravillosa? Decidí, como el Rey Midas de la vida, que pudiera resucitar a seres especiales y conservar su presencia en la evocación. La recordé en sus paseos matutinos. Etérea, recogiendo sus vestidos vaporosos para alzar una flor. Lanzando sus esculturas de aire con sus manos de diosa. Compitiendo, el brillo de su mirada, con el rocío mañanero. Elevada en las brisas por centenares de mariposas multiformes y plenas de colores. Escuché las músicas que emergían de la foresta, creadas por su andar de entelequia. Tomé su sombra, que guarecían los arrayanes, y me perdí en la penumbra de la noche.

Asumí un compromiso que parecía irrealizable, utópico y además peligroso, visitar el lugar donde reposaban los restos de Aura. El periódico anunciaba una permanencia de dos días, al final del segundo, se llevaría a cabo el funeral, al que asistirían altas personalidades del país y diplomáticos acreditados. El despliegue mediático era enorme, a varias columnas, y señalaban ya las incongruencias en las versiones del asesinato. Asistir al sepelio me resultaba muy complejo, el marido podría recordarme y no deseaba estar junto a su cadáver rodeado de gente. Fui, ya entrada la noche, a la funeraria, quedaban pocas personas acompañándola, en la puerta estaba el marido vestido todo de negro. No se veía en su rostro ninguna señal de dolor o pena. Con su misma vulgaridad, gordo, ventripotente, lo abultaba metiendo su mano en el bolsillo. De alguna forma era grotesco. Alcanzaba a escuchar su voz soez, amenazante, machista. Hablaba con otro político, a quien había visto retratado en los magazines especializados. De repente, rieron, sentí odio terrible, unos deseos inconmensurables e ineluctables de golpearlo. Continuaba observándolos desde un pequeño y escondido restaurante. Apareció un largo vehículo de varios puestos –creo, un *Mercedes* o un *Cadillac*– y se llevó a los políticos.

Me asomé con cuidado y apenas una o dos personas permanecían en el recinto, lugar que me dejó petrificado con su olor a gladiolos y otras flores, con las que habían realizado canastas mortuorias; también me impactó el inmenso ataúd en el centro. Quedé solitario frente a Aura, concebí uno de los planes más disparatados y audaces. No podía dejarla sin compañía esa, su última noche, me escondí en el baño, en silencio, detrás de una cortina. El vigilante abrió la puerta y no escudriñó. Luego oí la cerradura de la principal, era el único ser vivo en medio de los muertos. Aura estaba a oscuras, apenas reflejaba su última morada una pequeña veladora, que iluminaba a una doliente virgen. Sentí pánico, miedo terrible no sólo del mundo de *Hades*, que se bifurcaba en otras estancias, donde reposaban otros fallecidos, sino de ser descubierto, con lo que me ganaría, una reprimenda, y quizás cárcel. Esa noche se diluye en espasmos de la anarquía. A veces me convenzo que jamás existió. Que nunca estuve allí. Y que todo lo que recuerdo en medio de la confusión; del caos de la memoria, son invenciones. Creado por una fantasía desbordada y fantasmagórica. Todavía viene a mí el discurso largo que le pronuncié y que se prolongó todo ese lapso. Locución con visos de eternidad. No hilvano en mi mente las palabras, menos su sentido, puedo suponer

que comenté el significado para mí de todo su ser.
Que la vi, deambulando entre las sombras incipientes
y raquíticas de la veladora. Quizás, le pedí una y mil
veces, que no abandonara este mundo, que sería otro
sin su presencia. Las horas de ese periplo, el trasegar
por la demencia, se esconden en el trasfondo de mi
psique, a veces en medio de los sueños regresan esas
sombras y me envuelven con su materia. Vuelvo a
escuchar ese reloj inexorable que marcaba el destino
implacable, sus campanadas, roncas y ascendentes; el
paso de sus manecillas, convulsas, y epilépticas.

Me desperté al anuncio del alba, que acompañaban
unos jilgueros, cantarinos y alegres, contrastantes
con el lugar. La luz, de un sol incipiente, pero vivo
y amenazante, asomaba por las rendijas de unas
ventanas, estrechas, y enlutadas. La vida se imponía
con fuerza en esa guarida de la muerte. Tenía los
brazos cruzados sobre el féretro y mi cabeza reposó
allí obnubilada y dominada por el sueño y la insana.
Me sacudió la realidad de la pesadilla. Di el último
adiós, con lágrimas y voz incoherente y sincopada.

os días y las semanas siguientes fueron un martirio, la prensa de todas las tendencias, en especial la amarillista, narró miles de hipótesis sobre el asesinato y vida privada del político, donde había mucha tela para cortar. Yo me estremecía al observar como mancillaban tangencialmente a una mujer de esas dimensiones, a veces tenía deseos de llamar a los diarios y protestar. "Deja de leerlos" me aconsejaba mi madre, con ternura, pero no lograba convencerme. Las pruebas contra el marido eran contundentes, no podía explicar su permanencia en ninguna parte en el lapso del homicidio. La Policía consideraba imposible el acceso de los ladrones y que desactivaran un complejo sistema de alarmas. No existían evidencias del robo. Llevaron a declarar a Brunilda, que testificó hechos muy comprometedores, había encontrado al marido con las manos ensangrentadas. Él adujo que se manchó socorriendo a la mujer, pero inicialmente sostuvo que había dejado todo igual, como lo había encontrado al llegar. El portero se mantuvo en su primera declaración, observó al cónyuge salir, pero nunca comprobó que regresara. No se encontraron huellas digitales de los malhechores. Las compras, que dijo haber adquirido el esposo, jamás aparecieron, ni físicamente, tampoco en la registradora. Los indicios en su contra se acumulaban. Gustavo, con su humor inalterable, me ponía los pelos de punta:

—Barba está hasta el cuello. Esto es peor que una película de *Clouzot* escrita por *Simenon*. No, mejor creada por la *Agatha Christie*, *Hercule* sería un personaje maravilloso comparable al "*inolvidable*" de las Selecciones de *Readers Digest*.

Yo sufría en silencio, hasta que una tarde lo tome de las solapas y lo amenacé en chiste, pero con un trasfondo cierto:

—Déjala en paz. Está muerta. Tranquilidad.Sosiego. Calma en su sepulcro —Gustavo abrió las manos, se parecía al Cristo gigantesco del Brasil. Sonrió.

—*Dona nobis pacem* —dijo fingiendo una actitud beatífica. Parodiaba al Padre Sergio, reímos y nos abrazamos.

Al salir del colegio me esperaban dos hombres, no se necesitaba mucho para saber que eran agentes. Me interrogaron. Sabían que nada tenía que ver pero confirmaban versiones de maltrato doméstico. Fui muy claro, pero conciso, me limitaba a dar clase. Él casi nunca estaba. Brunilda les había dado detalles copiosos. Adoraba a su ama y detestaba al salvaje de su marido. Me hablaron de obstrucción a la justicia. Narré lo único que me fue dado observar, la pelea el día que me descubrió dando lecciones.

—Imagino —dije seguro —que muchas parejas pelean así.

—¿Observó usted una especial agresividad en ese hombre?

—Eso, creo —respondí de inmediato —lo sabe todo el mundo. Pero es a ustedes de comprobar y decidir sobre la calificación del hecho.

—No se pierda. Podríamos llamarlo para el juicio —y este parecía inminente, los vecinos y empleados del edificio, el portero y Brunilda confirmaron escenas de peleas frecuentes. Cruentas. Agresivas. Luego Aura salía con anteojos negros, golpeada, llorosa. El boticario confirmó su constante compra de ungüentos, analgésicos y pastas para el dolor. Vendajes, curas y demás implementos para heridas y contusiones. Obtuvieron narraciones completas de peleas en bares, del energúmeno marido, con empleados, en restaurantes. Se sumergía en las arenas movedizas de un pasado brutal.
La prensa se dividía; unos defendían acérrimos al patriarca, político hombre de estado. Posible Candidato a la Presidencia; otros, por el contrario, buscaban hechos de violencia y de desmanes en la

vida del hombre público. Lo laceraban en la picota cotidiana. Bernardo contrató al mejor abogado criminalista y penalista.

–Sí hay un juicio justo, Bernardo está perdido. Carece de coartada; la que aduce y expone es inexistente –comentó mi padre. –a ojo, unos veinte o veinticinco años. Pobres infantes, madre asesinada, padre tras las rejas –a veces se discutía en la mesa durante las comidas y yo procuraba permanecer callado. Me importaba más la memoria, para mí sacra de Aura, que el posible castigo del supuesto malhechor. El destino le jugaba una tremenda pasada a esa mujer excepcional. Ni muerta lograba el sosiego. Todo indicaba que no podría escapar al tribunal, de repente, el gobierno lo nombró Embajador en Japón. El lugar más distante e inaccesible, a donde partió de inmediato. El Fiscal enredó la tramoya y pidió comprobaciones directas de los testimonios que se fueron dilatando. La prensa, radio y televisión se interesaron en otros casos y en asuntos más protuberantes. Al poco tiempo el caso fue archivado por falta de pruebas contundentes. –Otro fallo donde se demuestra la bondad de nuestra justicia –comentó Gustavo quien estaba indignado –deberían abrir todas las cárceles. Además, lo esconden y premian con una embajada. Merde. Scheize. Cit. Merda.

Los tan temidos exámenes fueron un remanso que abarcó mi mente apartándola del terrible ajetreo de esos meses de estrés, angustia, desagrado, en que todo el mundo se dedicó al crimen de Aura. Noches enteras de vigilia en que diversas disciplinas matemáticas, históricas, sociales y muchas más apartaban la figura de la mujer. A veces, en esos lapsos de trabajo colectivo, con Gustavo y demás compañeros de estudios, en que tomábamos café, comíamos o simplemente descansábamos, surgía por instantes, todo ese terrible acontecer. El olvido iba socavando y desleía la memoria, los recuerdos se bifurcaban y desaparecían en un remolino. La realidad era flagrante, contundente, definitiva, por eso me sorprendió ver un día a la salida del examen, a la negra Brunilda parada frente a la puerta del colegio. Con su blusa, pobre, gris, una chompa compañera. Una falda corta, medias gruesas, burdas, marrón y una pañoleta que ocultaba su cabello hirsuto. Parecía cumplir un castigo. Imaginé que el hijo de Aura estuviera en ese establecimiento y lo esperara. Apenas me vio, vino directo a hablarme.

−hace tiempo que deseo reunirme con usted, no sabía cómo encontrarlo −me agradaba verla. Era una persona afable, alegre, extrovertida y amable; pero me molestaba en extremo revivir esas experiencias. Busqué un lugar algo escondido, mientras caminábamos, pregunté asuntos intrascendentes sobre su vida y la de los niños. En verdad, poco me importaba, pero mi curiosidad aumentaba. Frente a dos bebidas, Brunilda miró dos o tres veces de lado, y luego sacó de su cartera de plástico, negra, gigantesca, tosca, la medalla, que le regalara a su ama. El controvertido regalo de cumpleaños. No salí de mí asombro, pero imaginé muchas cosas.

−Las peleas entre los dos llegaron a un límite espantoso. El señor es extremadamente celoso, por cualquier cosa la golpeaba. En todo encontraba sospecha, el muchacho que traía la pizza, los plomeros, el de la droguería. Incluso, llegó a dudar de Julián, el portero. Después que lo encontró a usted, venía de improviso o mandaba a uno de sus guardas a revisar −la muchacha jugaba con el pitillo, pensativa, nerviosa, yo temía que pudiera arrepentirse y suspendiera la conversación. No podía calibrar mis sentimientos, quería cerrar el caso, olvidarme de todo. Deseaba con fuerza interior que terminara y se fuera.

−Julián y yo, recibimos una visita de unos señores muy altaneros, groseros, amenazantes, nos advirtieron de qué, si inventábamos algo. Nos extralimitábamos en las declaraciones, podíamos pagar con largos años de *cárcel. –Pedí un café, mis nervios tensos, protestaban. También la mujer aceptó.*

–Julián, escuchó parte de la pelea de ese día. Oyó su nombre y también lo de la medalla –comenzaba a comprender, la medalla llevaba mi nombre y la fecha...

–¿Y por qué no lo declararon a la Policía? –de inmediato me arrepentí de haber dicho eso, ese testimonio me involucraría. Mi nombre saldría en los periódicos –¿Qué paso? ¿Encontró la medalla y eso desató su furia? ¿Fantaseó? ¿Inventó? ¿Increpó? –Me levanté, metí las manos en los bolsillos y camine hasta la puerta para serenarme.

–Cuando llegué al apartamento, Don Bernardo estaba sentado con la mirada extraviada. Una mano llena de sangre; la otra, la tenía cerrada. El puño de repente se abrió y la medalla cayó al suelo. La levantó como una fiera y la lanzó contra el vidrio. El cristal se resquebrajó. Fue cuando bajó a buscar a Julián para que reportara el crimen. La medalla quedó en mí poder y esperaba el momento para regresársela. Permanecimos en silencio un lapso indefinible, extenso, los pensamientos se golpeaban, entrecruzados. No deseaba sacar ninguna conclusión. Ese asunto en apariencia nunca terminaría.

Brunilda se puso de pies., de nuevo ocultó sus cabellos encrespados, los cubrió con la pañoleta azul de pepitas, estiró su falda, que apenas cubría el muslo, levantó la mirada y sacudió su tórax, como si tuviera el comienzo de un espasmo.

–Me voy. Estoy segura de que a la señora le agradaría que usted conserve su condecoración –consideré que debía darle una propina, era poco lo que poseía en ese instante, pero se negó a aceptar nada. Le di las gracias de manera torpe, en lo que me permitía el estado de obnubilación, ensimismamiento, dolor intenso, que percibía.Que acogotaba todo mi ser.

Hace ya más de sesenta años que vi por última vez a Aura. Cuando remontaba la colina que comunicaba su edificio con la calle principal, por un impulso indefinible, torné mis ojos y la observé frente a la ventana. Imaginé, que su sombra mágica, creaba el cosmos de penumbras que se irradiaban en la sabana, con figuras obnubilantes, hechizadas, cambiantes. Moví mi mano, jamás sospeché que era el adiós definitivo. Su imagen se perdió en el trasfondo profundo de la subconsciencia, la maraña del tiempo, la enredaba y licuaba, hasta que desapareció por completo de mí memoria. Jamás volví a recordarla. En estos años, cuando se sabe que el camino a la cresta final se aproxima, que su trecho es reducido,las ilusiones se reemplazan por el balance de las decepciones. Momento en el cual se repite la frase del poeta, lo no venido... por pasado. La vida impone su historia y la escribe con el capricho del recuerdo.

Conocí muchas mujeres, de variadas y diversas condiciones, que el olvidó sumergió en una bruma inconmensurable. Están ahogadas en su foresta densa.

Impenetrable. Espesa. No han regresado a sumarse a la historia de mi existencia, no las añoro, no las evoco, no las rememoro.

Al caminar por parajes, que de alguna manera incitan la mansedumbre y quietud de mis entrañas; en ese momento, un sauce, con la melodía sinuosa, calma, ondulante, de su ramaje. El reflejo de la iridiscencia sobre la marea endeble de los lagos. La navegación, queda y tranquila, de la quilla de una piragua, su roce suave sobre la superficie. El olor de una planta desconocida; el vuelo paralelo por instantes de bandadas de mariposas. O el misterio de esa materia insondable del recuerdo, todo, en extraña conjunción me trajo la memoria de ese ser que yo había sepultado, en apariencia para siempre y que renacía a una vida lacerante. Impactante. Dolorosa. Realicé un último homenaje. Fui a esos nuevos cementerios, que se contraponían con su vegetación a los macabros de concreto, y busqué la tumba de Aura. Con cuidado, y sin despertar sospechas, cavé un pequeño orifico en la tierra vecina a su sepultura. Enterré el obsequio, –la señal única de mi amor por ella, esa pasión que jamás me atreví a manifestar–, la medalla. La cubrí de inmediato. me arrodillé. Inventé una oración a los dioses de los vientos, a los mensajeros de los aires, a las pitonisas del más allá, a las diosas eternas del olimpo.
Salí en medio de un corredor de esencias, los árboles creaban unas sinfonías inusitadas, arropadas por los tentáculos de un sol vivo. Vivificante. Creador y portentoso.

Todo parece renacer. Era la orquestación del alba.

La vida, en contrapunto, vencía los fantasmas y señalaba, con su brújula ineluctable, irrevocable, ineludible –pero con energía incitante y portentosa– el final de la ruta.